DÉTECTIVES DU TEMPS



# Compiot dans la cité des morts

FABIAN LENK

traduit de l'allemand par
Laurence Bouvard

Illustrations intérieures de
Serge Prud'homme

BAYARD JEUNESSE

# 1. La porte secrète

Les violentes rafales du vent d'automne chassaient les feuilles mortes tombées sur le trottoir. La pluie martelait les trois enfants qui couraient, la tête rentrée dans les épaules, le long des rues de Siebenhann, petite ville pittoresque d'Allemagne blottie derrière son mur d'enceinte. Les maisons médiévales à colombage se serraient les unes contre les autres, comme pour mieux se protéger, tandis qu'une chaude lumière s'échappait des fenêtres qui perçaient les façades des innombrables demeures, auberges et hôtels.

Les enfants, deux garçons et une fille, âgés d'une douzaine d'années, empruntèrent une ruelle escarpée qui grimpait sur les hauteurs de la ville. Ils longèrent la mairie et ses nombreux encorbellements, et le Venezia, le glacier où ils aimaient s'arrêter en sortant de l'école. Mais aujourd'hui ils ne le regardèrent même pas. Bravant la pluie, ils coururent au-delà de la colline. Arrivés à une fontaine, ils tournèrent à gauche. Leur but était atteint : Saint-Barthélemy, le monastère bénédictin érigé en 780.

Un éclair fendit une montagne de nuages noirs et illumina, pendant une fraction de seconde, l'édifice sombre qui se dressait, solitaire et inhospitalier, devant les enfants. Plus aucun moine ne vivait aujourd'hui dans ces murs chargés de souvenirs. Le monastère était devenu un musée d'histoire médiévale, et une bibliothèque avait été installée dans une aile adjacente. C'était le but de l'expédition des trois amis.

– Dépêche-toi ! cria Léo, tandis qu'ils se tenaient devant l'entrée.

– Ne me bouscule pas ! protesta Julien, qui venait juste d'introduire la clef dans la serrure, ses doigts engourdis par le froid.

La porte s'ouvrit, et les enfants se faufilèrent à l'intérieur.

Kim secoua sa crinière brune et bouclée pour en chasser les gouttes de pluie.

– Super temps ! s'exclama-t-elle en riant.

Julien pénétra dans la bibliothèque. Chaque fois qu'il entrait dans cette pièce, le garçon fluet au nez retroussé et aux oreilles un peu décollées ressentait une curieuse sensation, mélange d'excitation et de respect. L'antique collection de volumes semblait pleine de secrets. Elle occupait trois étages et se divisait en plusieurs salles et petites pièces, desservies par un réseau d'allées et d'escaliers grinçants. Des milliers de livres, classés avec soin par matière et par auteur, étaient rangés dans de grands rayonnages en bois.

La partie accessible au public hébergeait la bibliothèque municipale ; mais Julien, en fin connaisseur, trouvait le bâtiment principal beaucoup plus intéressant. De vieux ouvrages de toute beauté, bien protégés dans des vitrines, y étaient exposés ; il s'agissait de recueils d'une valeur inestimable, de cartes historiques, et même de rouleaux d'écrits en langues anciennes. Pendant des siècles, on avait accumulé et archivé dans ce monastère de vrais trésors.

Pour Julien, il n'existait pas de lieu plus passionnant que celui-ci. Depuis six mois, date de la mort de son grand-père, Reginald, le bibliothécaire du monastère, il en avait la clef. Le vieil homme avait fait en sorte que son petit-fils bien-aimé puisse accéder après son décès au royaume de la culture. Il savait que Julien serait ravi de profiter librement des collections réunies dans ce temple de la connaissance. De plus, c'était pratique : Julien et ses amis pouvaient trouver ici toute la documentation dont ils avaient besoin pour faire leurs devoirs et préparer leurs exposés d'histoire, leur matière préférée !

Kim s'assit sur une chaise boiteuse et croisa ses longues jambes. Elle sortit de son sac à dos en cuir un classeur et un stylobille, qu'elle posa sur la table.

– Allons-y, les garçons, lança-t-elle avec ardeur, en lissant de la main une feuille de papier. N'oublions pas qu'après-demain on doit impressionner Tebelmann avec notre exposé sur l'Égypte !

M. Tebelmann était leur professeur d'histoire. Timide et toujours vêtu de son veston gris en velours côtelé, il possédait le don rare de rendre un cours tout à fait captivant.

– Je suis déjà en plein dedans ! répliqua Julien qui, posté devant l'étagère des volumes consacrés à l'Égypte ancienne, en scrutait les inscriptions portées au dos.

Le jeune garçon, dont le visage fin respirait l'intelligence, en savait déjà beaucoup sur cette période. Là, il cherchait un ouvrage sur la pharaonne Hatshepsout, qui lui était encore inconnue. Léo, qui dépassait Julien d'une demi-tête, s'efforçait lui aussi de dénicher des écrits sur le sujet.

Julien parcourait rapidement les rayonnages des yeux. Soudain, une bourrasque froide envahit la pièce. Il se tourna vers la fenêtre, que la tempête venait d'ouvrir en grand, et se hâta de la refermer, tandis que la pluie cognait avec agressivité contre le carreau.

« Quel sale temps ! » pensa-t-il en frissonnant, sans interrompre ses recherches.

– J'ai trouvé ! s'écria-t-il bientôt. Un gros volume sur Hatshepsout !

Julien le retira de l'étagère, l'apporta à Kim et, au prix de gros efforts, le posa sur la table de lecture. Léo, un atlas à la main, le suivait. Les trois amis se penchèrent sur les livres, éclairés par la lumière blafarde d'une lampe.

– Génial ! se réjouit Julien. Dans ces vieux bouquins, il y a tout ce qu'il nous faut sur Hatshepsout, la reine du Nil !

Il avait déjà ouvert le premier.

– Regardez la taille phénoménale de son royaume il y a trois mille cinq cents ans ! enchaîna Léo. Je vais recopier la carte de cet atlas.

Tout en dessinant de la main droite, il tiraillait de la gauche le bout de son oreille, comme toujours lorsqu'il se concentrait.

– Hatshepsout a régné sur l'Égypte pendant environ vingt ans, murmura Julien en continuant de lire. Elle était très aimée et a fait construire des temples gigantesques à Thèbes.

Le temple des morts, appelé... euh... Deir el-Bahari... Pas facile à prononcer ! Note ça, Kim ! Par ailleurs, Hatshepsout était drôlement courageuse ! Elle prenait la tête de ses troupes pendant le combat et maniait le boomerang de façon remarquable. Il semble qu'elle ait été la première femme importante de l'histoire.

– Une femme sur le trône des pharaons, voilà qui me plaît bien ! s'écria Kim avec enthousiasme.

– Ça a dû faire grincer pas mal de dents ! commenta Léo tout en traçant le cours du Nil.

Kim se retourna brusquement et le fusilla de ses yeux couleur d'ambre jaune :

– Qu'est-ce que tu veux dire par là ? Tu crois qu'une femme n'est pas capable de gouverner un pays ?

Léo écarta une boucle brune de son visage couvert de taches de rousseur :

– Calme-toi ! s'esclaffa-t-il. Je pense juste qu'Hatshepsout avait certainement beaucoup d'ennemis.

– Il a raison, approuva Julien. Il est écrit ici que de nombreux hommes influents en

Égypte étaient scandalisés d'être gouvernés par une femme.

– N'importe quoi ! lâcha Kim avec dédain. Ça devait être de belles têtes de pipe pour penser une chose pareille !

Kim était imbattable pour créer de nouveaux gros mots.

– Il est indiqué aussi qu'il y eut des intrigues au palais, et même un complot contre elle ! reprit Julien en citant un passage du livre. Être pharaon signifiait avoir un pouvoir énorme, sans limites, et beaucoup de richesses. Ça faisait sûrement des envieux. Je voudrais bien savoir si ce projet de meurtre a vraiment existé, et qui se cachait derrière !

– Moi aussi ! s'exclama Kim, en suivant le texte par-dessus l'épaule de Julien. Regardez, voilà une photo du buste d'Hatshepsout. Comme elle est belle, et comme elle a l'air fier ! Elle a dû avoir une vie de conte de fées… Et quel luxe ! J'aimerais trop échanger ma place avec la sienne, juste pour une journée…

– Kim la Pharaonne, se moqua Julien. En voilà une idée intéressante…

La jeune fille fit semblant de ne pas entendre la remarque :

– Imaginez un peu comme notre exposé serait vivant si on avait la possibilité d'aller dans la Thèbes d'il y a trois mille cinq cents ans. Allez, Julien, tourne la page !

Mais le garçon ne réagit pas. Il fixait le livre ouvert.

– Hé, qu'est-ce qu'il t'arrive ? s'inquiéta Kim.

Les pensées de Julien se bousculaient dans sa tête. Depuis la mort de son grand-père, il avait un secret qu'il avait tu à ses amis. Reginald le lui avait confié dans sa dernière lettre. Le moment était-il venu de le partager avec eux ? Ou bien devait-il garder le silence ? Un grand fracas le fit sursauter : la foudre avait dû s'abattre à proximité du monastère.

– Tu dors, vieille pomme de pin ronflante ? demanda Kim en riant.

Julien regarda ses amis.

– Bien sûr que non, dit-il lentement. Je viens d'avoir une idée. Nous pourrions aller à Thèbes et…

– Pas de problème ! l'interrompit Kim. Si

quelqu'un nous paie les billets d'avion, on fonce.

– Je ne parlais pas de la ville de Thèbes telle qu'elle existe aujourd'hui, poursuivit Julien, mais de la Thèbes de 1478 avant Jésus Christ, l'année du couronnement d'Hatshepsout. Vous comprenez ?

– Non, répondit Kim.

– Pas du tout, enchérit Léo.

Julien hocha la tête : comment ses amis auraient-ils pu suivre son raisonnement ?

– Il y a un local secret dans cette bibliothèque, souffla-t-il.

Voilà, c'était dit, il ne pouvait plus reculer :

– Il s'agit d'une « chambre du temps », que mon grand-père a appelée « Tempus ».

Il laissa les mots produire leur effet.

– Une chambre du temps ? lâchèrent en chœur Kim et Léo, stupéfaits.

– Oui, confirma Julien. Grâce à elle, on peut voyager à travers l'histoire ! Il y aurait dans cette pièce des milliers de portes, une pour chaque année. En les franchissant, on peut traverser le temps et atterrir dans le passé.

Grand-père Reginald m'a confié ce secret en me donnant cette clef.

– Et comment fait-on pour parvenir à destination ? voulut savoir Kim.

– D'après mon grand-père, il suffit de se concentrer sur le lieu où l'on désire se rendre, expliqua Julien à ses amis.

– Ce serait dingue !

Kim était déjà tout feu tout flamme :

– On pourrait faire l'expérience de la vie sous le règne d'Hatshepsout et peut-être même découvrir qui voulait la tuer ! Mais j'ai quand même du mal à croire à cette histoire abracadabrante…

Léo aussi était méfiant :

– As-tu déjà essayé d'y aller, Julien ?

Julien haussa les épaules :

– Non. À vrai dire, seul, je n'ai pas osé.

– Où est-elle ? se renseigna Kim. Je voudrais bien y jeter un coup d'œil pour savoir si tout ça est vrai, ou si ce n'est qu'une légende inventée par ton grand-père. Allez, les garçons, on y va !

– Pas si vite, pas si vite, la freina Léo. Admettons qu'on traverse le temps et qu'on se retrouve l'année du couronnement d'Hatshepsout. Comment fera-t-on pour revenir ?

Julien hésita un instant avant de répondre :

– Eh bien, mon grand-père a écrit qu'il fallait faire bien attention à l'endroit où l'on avait atterri. Il s'y trouverait une sorte de porte du temps permettant de rentrer dans le présent. D'après lui, la durée totale du voyage ne dépasse pas quelques secondes !

– Ce qui signifie que personne ne s'apercevrait de notre absence, conclut Léo. Montre-nous cette pièce, Julien. Nous pourrons toujours…

Ses derniers mots furent couverts par un coup de tonnerre épouvantable qui fit trembler les vitres. Julien s'approcha de la fenêtre.

Il respira profondément :

– Tout droit, jusqu'au couloir, puis les escaliers…, expliqua-t-il.

Dehors, la tempête faisait rage. D'instinct, les trois enfants se serrèrent les uns contre les autres. Bientôt, ils atteignirent une vingtaine de marches en colimaçon qui gémissaient sous leurs pas. Arrivés en haut, ils se trouvèrent dans une vaste pièce qui contenait une bibliothèque trônant seule sur l'un des murs.

– On y est ! souffla Julien.

– Mais ce ne sont que des étagères de livres, s'exclama Léo, déçu.

– La bibliothèque est montée sur un rail, dissimulé dans le parquet, qui permet de la faire glisser. Derrière, il y a la porte de Tempus ! murmura Julien.

Les enfants unirent leurs forces pour pousser le lourd meuble sur le côté. La porte de la chambre du temps apparut : elle était en bois noir, recouverte de symboles : étoiles, soleils et croissants de lune se mêlaient à d'étranges caractères, figures grimaçantes et têtes de mort. Les trois amis se regardèrent, indécis.

– OK, on y va ! cria Kim, tout excitée. Vous vous rendez compte ? On a une chance exceptionnelle !

– Tu en es vraiment sûre ? Et si c'était dangereux ? objecta Julien.

– Allons-y, trancha Léo d'une voix sourde. Si ça se trouve, ton grand-père n'a fait qu'imaginer ce voyage dans le temps.

Il posa la main sur la poignée. Kim fit de même, et Julien finit par se joindre à eux. Ils se regardèrent une dernière fois et, ensemble, ouvrirent la porte.

## 2. Au cœur du temps

La porte se referma en claquant sur les trois amis. Ils se retrouvèrent dans une pièce baignée d'une pénombre bleutée. Il leur était difficile de distinguer avec précision les milliers de portes qui apparaissaient et disparaissaient sans cesse. Ici, le temps n'avait ni commencement ni fin. Les panneaux s'ouvraient et se fermaient en grinçant et en gémissant. Les années étaient indiquées sur leur chambranle. Dès que les battants s'entrouvraient, les enfants tentaient de jeter un œil dans les couloirs sombres ; toutes sortes de bruits leur en parvenaient : le grondement de machines, le chant mélodieux d'un violon, des rires d'enfants, le feu de l'artillerie engagée dans une bataille, les flonflons d'une fête… Des sirènes hurlaient, des chœurs chantaient avec allégresse, des coups claquaient, suivis de cris, le feu crépitait, l'eau clapotait. Tous ces sons se confondaient dans un brouhaha assourdissant et déconcertant. Julien, Kim et Léo reculèrent d'un pas, pour constater que l'ouverture par laquelle ils étaient entrés s'était évaporée dans un brouillard diffus ! Il n'y avait pas de retour possible.

La peur leur serrait la gorge, se mêlant à la

fascination que cette pièce irréelle, en perpétuelle transformation, leur inspirait.

– Hé ! Vous sentez ? demanda Julien en désignant ses pieds.

Kim et Léo s'aperçurent à leur tour que le sol était animé de battements et de pulsations, comme s'il était vivant.

– Le cœur du temps..., dit Julien pour lui-même.

Kim se risqua à faire quelques pas sur cet étrange muscle cardiaque, Léo et Julien sur

ses talons. Ils tanguaient, mal assurés, le plancher étant en mouvement constant, et essayaient de déchiffrer les dates inscrites sur les portes.

– C'est là ! s'exclama soudain Léo, 1478 avant Jésus Christ !

– L'année du couronnement d'Hatshepsout, murmura Julien.

Il se boucha les oreilles car le bruit commençait à devenir insoutenable.

– Venez, on essaie ! cria Kim.

– Et si on cherchait plutôt la sortie ? proposa Julien.

– Il n'y en a pas ! hurla la jeune fille pour se faire entendre à travers le fracas. La sortie a disparu. On ne retrouvera jamais le chemin pour rentrer !

Elle était déjà arrivée devant le panneau portant le numéro 1478.

– Attends ! protesta Julien.

– Vous êtes où, les garçons ? demanda-t-elle avec un sourire provocateur.

Léo poussa Julien vers la porte que Kim avait ouverte : un grand trou noir béait devant eux.

Les trois amis se prirent par la main et se concentrèrent intensément sur la ville de Thèbes. Tout à coup, le grondement d'un courant puissant les enveloppa, puis, entraînés dans l'obscurité, ils n'entendirent plus que leurs propres cris.

Il y eut soudain un silence de mort.

C'était comme s'ils planaient sur les ailes d'un songe, au beau milieu d'une nuit sans fin. Alors qu'ils commençaient à peine à reprendre leur souffle, ils remarquèrent que tout s'était transformé autour d'eux. Les trois enfants ne se trouvaient plus dans la chambre du temps. Ils sentaient le sable sous leurs pieds nus, et la température était étonnamment élevée.

– Où… où sommes-nous ? souffla Léo, hébété.

– Dans un endroit où il fait super chaud, répliqua Kim.

Des étoiles brillaient au-dessus de leurs têtes. Il faisait nuit, mais on ne pouvait savoir quelle heure il était. Kim se retourna : juste derrière elle, un majestueux palmier dattier se dressait vers le ciel.

– J'ai le sentiment d'être déjà venue par ici, dit Kim à voix basse. Comment est-ce possible ?

– Aucune idée, fit Julien, cela restera le secret de Tempus. Il faut qu'on se souvienne bien de ce palmier, pour le retour ! Regardez, à côté, il y a une maison en ruine. Et, là, un puits.

Julien enregistra ces images, puis un sourire furtif illumina son visage :

– Quoi qu'il arrive, ajouta-t-il, on dirait que notre voyage dans le temps s'est bien déroulé. J'étais sûr que mon grand-père ne racontait pas d'histoires !

– Hé, regardez comme vous êtes beaux ! De vrais Tarzans ! s'esclaffa Kim.

À la faible lueur du clair de lune, Léo et Julien découvrirent qu'ils n'étaient vêtus que d'un pagne.

– Tu n'es pas mal non plus ! rétorqua Léo.

Kim portait une robe étroite en lin blanc, retenue aux épaules par deux larges bretelles.

– Ça a marché ! On a atterri en Égypte, lança Julien avec enthousiasme. En tout cas, les Égyptiens s'habillaient avec ce genre de trucs. Je l'ai vu dans un livre.

– Trop génial ! s'enflamma Kim. J'ai l'impression d'être dans un rêve ! Vous entendez cet énorme grondement ?

– Oui, répondit Julien, ce doit être celui d'un fleuve. Peut-être le Nil ! Thèbes est construite au bord de l'eau.

– Et maintenant qu'est-ce qu'on fait ? Comment va-t-on continuer ? s'inquiéta Léo.

– On va chercher le palais d'Hatshepsout, déclara Kim, comme s'il s'agissait de la chose la plus naturelle du monde.

Le trio se mit à courir vers le fleuve et atteignit bientôt le port, situé dans la partie est de Thèbes. Le clair de lune donnait au majestueux cours d'eau des reflets argentés.

Des bateaux de pêcheurs en roseaux tressés reposaient sur la rive ; de grands filets étaient étendus pour sécher ; à côté, de petits bidons larges et plats, en bois clair, attendaient leur prochaine utilisation. Non loin de là, des barques toutes simples, à rames, et des galères avec de grandes voiles se balançaient sur l'eau. De nombreuses auberges, d'où parvenait un joyeux vacarme, étaient regroupées autour du port. Il n'y avait pas grande animation dans les ruelles étroites : deux hommes, bras dessus bras dessous, passèrent tout près de Julien, Kim et Léo en titubant et en braillant une chanson d'amour.

– Je crois qu'on n'est pas tombés dans le meilleur quartier de Thèbes…, soupira Léo en jetant un regard oblique à une silhouette qui semblait observer les enfants avec beaucoup d'attention.

– Là-bas ! cria Julien au même moment. Regardez !

Tout près du port s'élevait une construction imposante, éclairée de milliers de lampes à huile, scintillantes comme des étoiles.

– Oui, c'est bien lui… le palais d'Hatshepsout, chuchota Kim, un peu intimidée. Venez !

## 3. La traque

La ville de Thèbes était un dédale de rues et de placettes, de minuscules passages et de petites impasses. Les maisons, modestes, dont certaines comptaient quatre étages, se serraient les unes contre les autres. Les trois amis couraient sur un sol en terre battue. Peu à peu, le bruit des auberges diminua. La rue devint plus large et déboucha sur une place. Les enfants se trouvèrent face à deux immenses obélisques, d'environ vingt-cinq mètres de haut, ornés de symboles mystérieux. Derrière s'élevait le pylône d'un temple gigantesque, massif et puissant, bâti pour l'éternité.

– C'est là que se trouve le naos, dit Julien, tout ému.

– Le quoi ? demandèrent Kim et Léo.

Julien poussa un soupir :

– On appelle « naos » la loge qui abrite la statue du dieu. Vous n'avez pas écouté le cours d'histoire ?

– Bien sûr que si ! Seulement, je ne peux pas me souvenir de tout, rétorqua Kim, un peu vexée.

– Je vais t'expliquer, commença Julien, le naos est situé dans…

– C'est bon, le coupa Léo, tu nous raconteras la suite une prochaine fois. J'ai comme l'impression qu'il serait mal vu qu'on traîne de nuit autour de ce sanctuaire.

Déçu, Julien haussa les épaules :

– Comme vous voulez… Allons-y !

Il jeta un dernier coup d'œil vers le majestueux pylône, et s'élança derrière ses amis, qui avaient déjà quitté la place et disparu dans le labyrinthe de ruelles montant vers le palais.

Malgré l'heure tardive, la ville de Thèbes ne dormait pas. Des ombres, manifestement des passants très pressés, se hâtaient dans les rues étroites. Julien se demanda si ces silhouettes nocturnes étaient celles de voleurs, ou de personnes qui accéléraient le pas par peur des agressions.

– On n'ira pas plus loin, annonça Kim enfin.

Ils étaient coincés dans un cul-de-sac obscur, si près du palais de la pharaonne qu'ils avaient l'impression de pouvoir le toucher. Vu de là, le bâtiment révélait sa puissance.

Soudain, un feulement déchira la nuit. Julien se retourna et s'immobilisa, se sentant menacé. Instinctivement, il courba le dos tandis qu'une ombre volait au-dessus de sa tête.

– Ce n'est qu'un chat ! se moqua Léo. Tu es vraiment…

– Silence ! Cachez-vous ! ordonna Kim en entraînant ses amis derrière l'angle d'une maison.

Quelqu'un courait vers eux, un filet dans une main, un poignard dans l'autre. Le chat était arrivé devant un mur très haut, au fond de l'impasse, et essayait, sans y parvenir, de grimper dessus. L'homme au couteau n'était plus qu'à quelques mètres. L'animal, terrorisé, ne le quittait pas des yeux. Les oreilles rabattues, il fouettait le sol de sa queue. L'agresseur s'approcha lentement de lui. La lame de son arme luisait dans la nuit. Il jeta tout à coup le filet sur sa proie, qui fit un bon de côté. Trop tard... La bête était prise, et elle s'emmêlait désespérément dans les mailles serrées.

– Cette fois, je t'ai eu ! triompha l'individu.

Il s'approcha du captif qui continuait à se débattre.

– Il va le tuer ! souffla Kim.

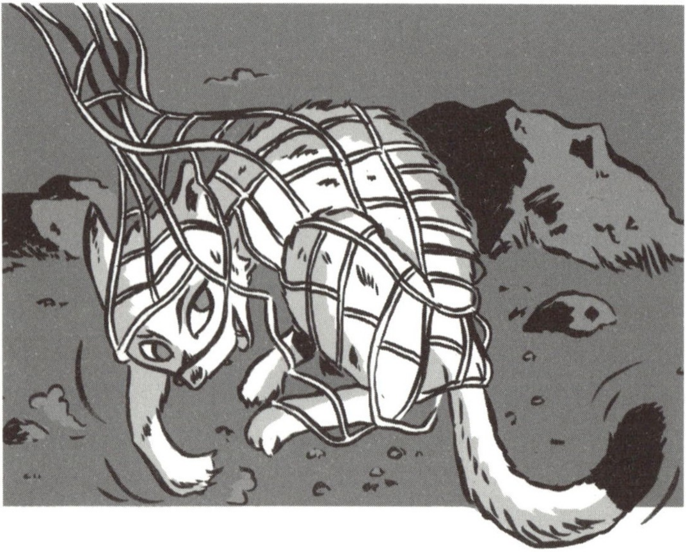

Elle sortit courageusement de sa cachette et apostropha la brute :

– Laisse-le en paix, espèce de bourreau d'animaux !

– De quoi tu te mêles ? Disparais ! siffla l'individu.

Déstabilisé, il avait l'air de ne pas savoir s'il devait s'occuper de Kim ou du félin.

Kim prit la décision à sa place : rapide comme l'éclair, elle se baissa et ramassa une poignée de sable, qu'elle lui jeta au visage.

– Tu vas me le payer, par Osiris ! rugit-il en s'essuyant les yeux.

Kim en profita pour s'emparer du filet contenant le chat affolé. Tenant sa prise à bout de bras, de peur d'être blessée par les griffes acérées, elle détala, ses amis sur les talons.

– Tu ne perds rien pour attendre ! vociféra l'homme en se lançant à leur poursuite.

Les trois enfants couraient dans le labyrinthe de petites rues sans savoir où ils allaient. Ils débouchèrent sur une place plantée de quelques palmiers dattiers, d'où partaient quatre chemins.

– Et, là, on va où ? demandèrent Léo et Julien, à bout de souffle.

– Comment voulez-vous que je le sache ! répondit Kim, au bord du découragement.

Le chat continuait à se démener dans le filet. Kim savait qu'elle devait le libérer au plus vite ; mais avant ils devaient se débarrasser de leur poursuivant… Elle jeta un coup d'œil pardessus son épaule et constata qu'il se rapprochait. Elle se mordit la lèvre inférieure avec nervosité : où aller ? Balayant les parages du regard, elle découvrit un escalier qui menait sur le toit d'un bâtiment. Sans réfléchir une seconde, elle l'emprunta. Les garçons la suivirent. Des briques d'argile jaune y étaient entassées, sûrement en prévision de travaux. Kim tendit le filet à Julien et attrapa l'une d'elles, la brandissant au-dessus de sa tête.

– Reste où tu es ! ordonna-t-elle.

Voyant que Léo s'était lui aussi emparé d'un projectile, l'assaillant, qui avait déjà atteint la première marche de l'escalier, hésita.

– Hé ! Que se passe-t-il ? cria soudain une voix en colère.

Une femme sortit de la maison d'à côté :

– Silence ! Laissez-nous dormir, bande d'ivrognes !

Le malfaiteur ne lui prêta aucune attention ; il ne lâchait pas des yeux le filet que tenait Julien.

– Vous m'entendez ? glapit la voisine. Disparaissez d'ici et laissez les braves gens se reposer en paix ! J'espère que la Medjai ne va pas tarder à venir vous enfermer !

En entendant le nom des troupes auxiliaires de la police chargées, la nuit, de faire respecter l'ordre et le calme dans Thèbes, le chasseur de chat tourna les talons et s'enfonça dans l'une des ruelles sombres. Soulagés, les trois amis purent descendre du toit.

– Ouf, il était moins une ! souffla Kim en récupérant le chat, auquel elle parla d'un ton apaisant.

Pour la première fois, les enfants purent observer l'animal en toute tranquillité. Ils découvrirent un félin d'une exceptionnelle beauté. Il avait un pelage brun doré, soyeux et brillant, plus clair sur les flancs, une tête assez étroite, un nez plat et des yeux grands ouverts à l'éclat vert émeraude. Son corps était gracile et musclé. Il essayait avec énergie de se libérer de sa prison.

– Pourquoi ce type voulait-il le tuer ? se demanda Julien.

Kim haussa les épaules :

– Bonne question ! Quant à la réponse… Maintenant, il faut le faire sortir de là. Donnez-moi un coup de main, mais attention à ses griffes !

Les trois amis ne purent pas faire grand-chose, car soudain ils entendirent des pas derrière eux. Une brigade de policiers, portant des flambeaux et armés de cimeterres, venaient d'envahir la place.

– Ne bougez plus ! ordonna le chef en pointant le doigt dans leur direction.

– On dirait que ça se gâte…, murmura Julien.

Le policier, un colosse aux épaules larges et au crâne rasé, s'approcha du trio, prit le chat des mains de Kim et l'examina à la lumière d'une torche.

– C'est bien Kija, l'animal sacré de la pharaonne ! lança-t-il. Louée soit Bastet qui nous a permis de le retrouver !

Il passa le précieux paquet à l'un de ses hommes et se retourna vers les enfants :

– Vous avez volé la chatte de la pharaonne, ça va vous coûter cher ! siffla-t-il.

– Non, ce n'est pas vrai, protesta Julien, nous n'avons pas…

– Silence ! Seule la divine Hatshepsout pourra trancher et porter la sentence. Cependant, j'ai du mal à imaginer autre chose que la peine de mort pour sanctionner un tel crime ! renchérit-il, un léger sourire sur les lèvres.

## 4. L'audience dans la salle du trône

Les policiers encerclèrent les trois enfants et les conduisirent au palais.

– L'animal sacré de la souveraine ! murmura Léo. Si j'avais su…

– Qu'est-ce que ça aurait changé ? lâcha Kim. Tu l'aurais abandonné à cet assassin ?

– Non, répondit Léo à voix basse. Cela dit, à cause de cette chatte on est dans un sale pétrin.

– Courage, lança Julien. On va peut-être réussir à convaincre Hatshepsout qu'on a sauvé la vie de Kija !

Ses amis, abattus, ne répondirent pas. Ils venaient d'atteindre la périphérie du gigantesque palais, où étaient construites les modestes maisons réservées aux serviteurs. Ils passèrent devant plusieurs postes de garde et, après avoir franchi une porte monumentale, gagnèrent une cour, autour de laquelle étaient disposées des statues d'Hatshepsout et où donnaient les pièces officielles du palais. Les policiers firent traverser aux enfants des salles dédiées aux travaux d'écriture, d'autres réservées aux fonctionnaires, des galeries, des chambres d'apparat et des salons de réception. Enfin, ce cortège nocturne bien inhabituel arriva à la résidence privée de la pharaonne. Des statues richement ornées encadraient la double porte dorée ; elles représentaient Hathor, la déesse du ciel, et Rê, le dieu du soleil à tête de faucon. Deux serviteurs, le visage impassible, poussèrent les panneaux.

Les enfants pénétrèrent, le cœur battant, dans la pièce la plus sacrée du palais. Ils en restèrent bouche bée : jamais ils n'avaient vu un tel luxe ! De l'or recouvrait le sol ; les murs de la salle étaient décorés de représentations de dieux, réalisées dans le même métal précieux, ainsi que de dessins argentés d'arbres et d'animaux. Au plafond brillaient de splendides marqueteries bleu foncé, en lapis-lazuli. Une belle jeune femme, âgée d'environ vingt-cinq ans, était assise sur le trône en or massif d'Horus : c'était la déesse du Nil. Vêtue d'une tunique de lin orange, elle tenait fermement dans ses mains le sceptre et le fléau, et portait un diadème serti de pierres précieuses scintillantes. Sa tête était couverte d'un voile rayé noir et jaune, dont les côtés tombaient sur ses épaules. Sur le bandeau qui retenait le voile était fixé le symbole du pouvoir absolu : la double couronne, appelée « Pa-Sekhemty », ornée d'un vautour et de l'effrayant serpent Uraeus.

Le beau visage d'Hatshepsout, avec ses yeux en amande, son menton volontaire et son nez légèrement recourbé, trahit de la curiosité quand le chef de la police se prosterna devant elle et toucha le sol doré de son front, imité par Julien, Kim et Léo. D'un geste, la pharaonne les autorisa à se relever. Tandis que le policier relatait sa version de l'incident survenu dans le quartier portuaire de Thèbes, l'expression

d'Hatshepsout s'assombrit. Mais, lorsqu'il fit signe à l'un de ses hommes d'apporter la chatte, un sourire illumina son visage.

– Ces enfants ont enlevé Kija, puissant Horus, conclut-il avant de s'incliner une nouvelle fois.

Puis il fit quelques pas en arrière.

Hatshepsout dévisagea le trio de son regard perçant. Entre-temps, Kija s'était apaisée et se frottait à ses jambes. Puis elle s'assit et entreprit de lécher son pelage.

– Ces trois vagabonds s'en sont donc pris à ma propriété ! lança la souveraine d'une voix furieuse. Quel acte audacieux, pour ne pas dire téméraire ! Qui êtes-vous ?

Julien osa regarder la pharaonne dans les yeux. Il eut besoin de beaucoup de courage pour soutenir son regard. Il savait qu'il devait risquer le tout pour le tout afin que tous trois sortent vivants de cette aventure. Ses pensées s'entrechoquaient. Il devait trouver au plus vite un scénario plausible.

– Notre petit village a été attaqué par une tribu de pillards du désert, commença-t-il. Nous avons réussi à nous cacher et avons assisté à l'enlèvement de nos parents.

Il lut une grande admiration dans le regard de Kim et Léo. Julien avait depuis toujours un vrai talent pour inventer des histoires et tenir des discours.

– La faim nous a poussés à quitter notre village détruit, continua-t-il. Nous avons erré sans but jusqu'à ce que nous trouvions enfin le Nil. Un bateau de commerce a accepté de nous prendre à son bord. Au début, le capitaine était très gentil ; puis nous avons compris qu'il voulait nous vendre comme esclaves. Hier, nous lui avons faussé compagnie, et c'est là que Kija a croisé notre chemin.

Hatshepsout haussa les sourcils tandis que Julien priait pour qu'elle croie à ses explications.

– Voilà un récit bien riche en aventures ! dit la pharaonne, peu convaincue. De quel village venez-vous ?

Le jeune garçon fut saisi de panique : il n'avait pas prévu cette question. Léo lui vint en aide. Grâce au croquis qu'il avait dessiné dans la bibliothèque, il avait la géographie de la région bien en tête.

– De l'oasis de Kurkur en Nubie ! se hâta-t-il de répondre.

Hatshepsout hocha la tête lentement :

– Je connais cette oasis. Pourquoi vouliez-vous capturer Kija… ou même la tuer ?

– Ce n'est pas du tout ce que vous croyez ! protesta Julien, qui avait repris ses esprits. Nous ne voulions pas lui faire de mal, bien au contraire ! Nous l'avons arrachée à un homme qui la menaçait d'un poignard.

Kim et Léo acquiescèrent. Toutefois, Hatshepsout éclata d'un rire clair :

– Comment se fait-il alors qu'elle ait été emprisonnée dans un filet ? Est-ce ainsi que l'on traite un chat en détresse ?

Julien se remit à parler pour sauver sa vie et celle de ses amis ; cependant Hatshepsout gardait son air dubitatif. Tout en l'écoutant, elle donnait à Kija de petites bouchées de viande qu'un serviteur lui tendait.

– Tout cela ressemble fort à une échappatoire, jugea-t-elle.

Elle claqua des doigts, et un courtisan accourut. La pharaonne lui donna quelques consignes à voix basse. Julien se dit, désespéré, que la situation était en train de mal tourner.

À cet instant, un soutien inattendu vint tirer les trois amis d'affaire : Kija quitta la place qu'elle occupait aux pieds de sa maîtresse et se mit à faire la belle devant eux. Ses mouvements, lents et majestueux, ressemblaient à ceux d'une danseuse de ballet. Elle donnait de petites bourrades avec son nez à chacun et frottait sa tête fine contre leurs jambes. Kim se permit de caresser la chatte sacrée, qui la fixait de son regard vert impénétrable. Celle-ci exprima son contentement en se mettant à ronronner. Hatshepsout avait observé la scène avec irritation.

– Vous voyez, reprit Julien, Kija n'a pas peur de nous. Cela veut bien dire que nous…

– C'est bon, l'interrompit la pharaonne. Il me semble que vous dites la vérité et que vous avez vraiment sauvé Kija. Si ce n'était pas le cas, elle vous aurait déjà arraché les yeux et ne se serait pas laissé toucher.

Julien, Kim et Léo poussèrent un soupir de soulagement. Mais qu'allait-il advenir d'eux, à présent ?

– Cet homme avec le poignard, comment était-il ? s'enquit Hatshepsout.

Hélas, il avait fait trop sombre pour qu'ils aient pu bien le voir : ils ne purent donc en donner qu'une très vague description. Déçue, la souveraine donna ses ordres au chef de la police :

– Passez le quartier du port au crible ! Interrogez les habitants, il se peut que quelqu'un ait remarqué quelque chose.

Puis elle se leva.

– Il est tard, déclara-t-elle, je vais me retirer dans ma chambre à coucher. Les trois jeunes de l'oasis doivent rester en vie. En signe de ma gratitude, je veux qu'ils soient embauchés au palais. Il y a toujours quelque chose à faire dans les cuisines. Allons, Kija, viens maintenant !

Cependant l'animal n'était pas pressé de se soustraire aux caresses de Kim.

– Kija !

À regret, la chatte quitta sa nouvelle amie pour suivre la pharaonne. L'élégante bête se retourna une dernière fois sur le seuil pour regarder le trio. Ce regard oblique et intelligent en disait long sur les secrets qu'elle gardait.

Le chef de la police fit sortir Julien, Kim et Léo de la somptueuse salle. Après avoir grimpé de nombreux escaliers et arpenté plusieurs couloirs, ils se retrouvèrent dans les quartiers modestes des serviteurs. Le policier leur attribua avec mauvaise humeur une chambre, et claqua la porte en bois derrière eux.

La petite pièce était éclairée par une lampe à huile. On avait posé trois nattes en jonc sur le sol et, dans un coin, une cruche remplie d'eau. Il n'y avait pas d'autre mobilier.

Kim grimaça :

– Bienvenue dans notre nouveau foyer ! Vraiment charmant comme coin...

– Estimez-vous heureux de ne pas être au cachot à l'heure qu'il est, dit Julien.

Léo lui posa la main sur l'épaule :

– Tu t'es vraiment bien débrouillé, fit-il avec

reconnaissance. Ton histoire nous a sûrement sauvé la vie.

Modeste, Julien fit un geste de la main :

– Ton idée d'oasis n'était pas mal non plus.

– N'oubliez pas Kija ! Heureusement qu'elle nous a donné des marques d'affection ! intervint Kim en s'allongeant sur l'une des nattes. Oh là là, c'est dur ! Mais il va bien falloir s'y habituer…

– Quel animal fascinant ! commenta Julien en bâillant. Kija n'a rien de commun avec les chats que j'ai connus jusqu'ici.

– Oui, approuva Léo. Elle est vraiment différente. Intelligente et entourée de mystère.

Kim glissa son bras sous la tête :

– Le mystère, voilà bien le mot clé de toute cette affaire ! Les garçons, il nous faut découvrir pourquoi ce type voulait tuer Kija… Et notre enquête doit commencer dès demain matin.

## 5. Première tentative de meurtre

Au lever du jour, les pêcheurs jetaient leurs filets dans les eaux du Nil pour attraper des barbeaux, des silures et des latos, ces grandes perches vivant dans le fleuve. Les paysans commençaient à s'affairer dans leurs champs. Les bœufs, attelés aux charrues, se mettaient avec courage au labour. Le soleil levant inondait le palais d'une douce lumière rougeoyante.

Le réveil des trois amis fut, hélas, plus brutal. Leur porte s'ouvrit à la volée, et un garçon de leur âge fit irruption dans la chambre :

– Debout ! cria-t-il joyeusement en battant des mains. C'est bien vous, les nouveaux ? Venez, du boulot vous attend en cuisine !

Julien, Kim et Léo, encore tout endormis, se levèrent en ronchonnant.

– Je m'appelle Ani, et je suis aide-cuisinier ! poursuivit l'intrus, qui portait, sur le côté de la tête, « la tresse de l'enfance », coiffure typique des enfants égyptiens. Je vais vous montrer votre travail. Dépêchez-vous, sinon notre chef, Rechmire, va se mettre en rogne.

Il les conduisit à une fontaine devant la maison. Après une brève toilette, le trio se présenta :

– Vous avez des noms bizarres, remarqua Ani en riant. Ce n'est pas grave, suivez-moi !

Une fois dans la cuisine du palais, où régnait déjà une intense activité, il leur expliqua la tâche de chacune des personnes présentes. Des serviteurs se bousculaient, les bras chargés de plats creux en terre cuite remplis de viande, de fruits et de pain. D'autres ployaient sous les cruches pleines à ras bord. Sur de grandes tables s'amoncelaient des quantités impressionnantes de légumes coupés en petits morceaux. Le feu ronronnait dans le four à pain installé dans un coin. Quelques domestiques étaient occupés à brasser du henket, une bière à base d'orge, dont le goût était relevé par des épices et des dattes. Des pichets contenant de l'irep, un vin sucré au miel, étaient alignés contre le mur. Deux femmes vidaient des poissons, tandis que d'autres plumaient des cailles. Un boucher découpait sur un billot de grosses pièces de bœuf. Dans la cour attenante, les flammes dansaient sous plusieurs grils. Des plats cuisaient à l'étouffée, dégageant des senteurs poivrées qui dominaient toutes les autres.

– Plus vite, plus vite ! ordonna une voix forte.

Elle appartenait à Rechmire, un homme d'une corpulence hors du commun et au visage cramoisi, qui se tenait au milieu de la grande salle noircie par la suie, surveillant ses troupes. Son ventre proéminent était recouvert d'un tablier souillé de taches de graisse, sur lequel il ne cessait de s'essuyer les mains.

– On le surnomme « l'étalon du Nil », chuchota Ani aux enfants.

En effet, sa tête massive, ses petites oreilles

décollées et son énorme double menton pouvaient évoquer le faciès d'un cheval.

– Te voilà enfin, Ani ! cria Rechmire en épongeant la sueur qui coulait sur son front. Tu as bien fait d'amener les nouveaux !

Il s'approcha d'eux et leur ébouriffa les cheveux d'un geste amical :

– Vous allez nous donner un sacré coup de main ! Aujourd'hui, tout doit marcher comme sur des roulettes. Tenez, rendez-vous utiles tout de suite : vous, les garçons, vous allez apporter du bois pour le feu ; toi, la fille, tu aideras à fourrer les concombres avec de la farce à la viande ! Attention, petite, c'est l'un des plats préférés d'Hatshepsout ! Dépêche-toi… Sinon nous ne serons jamais prêts pour le grand banquet de midi ! Je prie Amon pour que nous n'ayons pas de pépin, sinon je suis bon pour les crocodiles !

Alors que Julien et Léo filaient chercher le bois, Ani installa Kim à une grande table de travail.

– Aujourd'hui, expliqua-t-il tout en lui donnant un couteau, notre divine Hatshepsout déjeune avec Inebny, le vice-roi de Nubie, qui est son hôte depuis deux jours.

Ani commença à éplucher un concombre, puis il reprit en baissant la voix :

– J'ai entendu dire qu'Inebny voulait prendre la pharaonne pour femme. C'est la dernière rumeur qui court au palais ! Mais notre pharaonne lui a dit non.

– Cessez de bavarder ! rugit Rechmire. Et occupez-vous de votre travail !

Ani et Kim se remirent à l'ouvrage et gardèrent le silence pendant quelques minutes.

« Tiens donc, un vice-roi éconduit... Comme c'est intéressant ! » pensait Kim.

– Comment a-t-il réagi ? interrogea-t-elle à voix basse.

– On raconte que le vice-roi est vraiment vexé. Il est très fier et n'est pas habitué à ce que ses désirs ne soient pas satisfaits. En plus, il a la réputation d'être brutal et d'avoir un sale caractère ! Les serviteurs essaient de ne pas croiser son chemin. Espérons qu'il va bientôt partir !

Kim hocha la tête ; une autre pensée lui était venue à l'esprit :

– Sais-tu si l'on a arrêté l'homme qui voulait tuer Kija ?

Ani enfourna un morceau de concombre dans sa bouche.

– À ma connaissance, non.

– Moi aussi, j'ai faim, se plaignit Kim.

Ani traversa l'immense cuisine et revint avec du pain chaud, quelques grappes de raisin juteux, et un pichet d'irtet, du lait frais.

– Rechmire est sévère, commenta-t-il. Mais il ne nous affame pas.

– Vu sa silhouette, il doit savoir ce que c'est que d'avoir bon appétit ! ricana Kim.

– Attention à ce que tu dis ! chuchota le garçon. Rechmire peut te faire donner le fouet.

– Message reçu, glissa-t-elle.

Les piques qu'elle aimait lancer lui avaient plus d'une fois attiré les foudres de ses victimes ; néanmoins, elle n'arrivait pas à s'en priver. Seulement ici, dans l'Égypte ancienne, les châtiments étaient sans doute bien plus sévères qu'à Siebenthann... Elle se fit la promesse solennelle de tenir sa langue.

– Pourrais-tu t'arranger pour que Julien et

Léo aient aussi quelque chose à manger ? demanda-t-elle.

Ani hocha tête et fit signe à un marmiton.

– Revenons-en à Kija, reprit Kim tout en mâchonnant. As-tu une idée de la raison pour laquelle on voulait la tuer ?

Le jeune Égyptien haussa les épaules :

– Peut-être parce que ce n'est pas une chatte ordinaire…

– C'est-à-dire ?

Kim désirait en savoir davantage, profitant du fait que son interlocuteur connaissait tous les ragots du palais et en parlait si facilement.

– Kija est un animal sacré. Elle vient du temple de Bastet et est entourée de secrets. Si tu savais comme elle est intelligente, c'est inouï ! souffla Ani avec admiration. Personne, à part Hatshepsout, ne peut la comprendre. On dit que Kija prévient la souveraine des dangers qui la menacent, comme si c'était elle son meilleur garde du corps !

Kim en eut la respiration coupée.

– C'est peut-être pour ça qu'on a essayé de l'éliminer…, laissa-t-elle échapper.

– Les concombres, j'ai besoin des concombres ! hurla Rechmire.

Son imposante tête ronde émergea derrière les enfants comme une grosse lune rouge :

– Où en êtes-vous ?

– Nous avons presque terminé ! se hâta de répondre Ani, en fourrant l'un des concombres avec de la farce à la viande au fumet agréable.

Rechmire secoua la tête, fit quelques pas vers une autre table, et joignit les mains en se lamentant :

– Nous n'aurons jamais fini à temps ! Oh non, nous ne serons jamais prêts, et moi, je vais atterrir chez les crocodiles... Amon, par pitié, protège-moi !

Dès que le chef de cuisine fut hors de portée de voix, Ani continua :

– Hélas, depuis son récent couronnement, notre pharaonne s'est fait beaucoup d'ennemis à Thèbes. On raconte que des prêtres de haut rang veulent la tuer ! Ils refusent d'être gouvernés par une femme... D'après eux, le trône aurait dû revenir à Thoutmôsis III, le fils de Thoutmôsis II, le mari décédé d'Hatshepsout, et d'une autre de ses épouses. Mais ce n'est qu'un enfant, et il ne peut pas s'occuper des affaires du royaume !

– C'est facile à comprendre : pour imposer sa propre façon de commander, il est plus simple d'influencer un enfant, expliqua Kim. Ce n'est pas le cas avec Hatshepsout, si sûre d'elle qu'elle refuse certainement que les prêtres lui dictent sa conduite !

Les pensées de Kim se bousculaient dans sa tête : un vice-roi éconduit, des prêtres avides de pouvoir… Sans aucun doute, beaucoup de gens au palais avaient de bonnes raisons d'en vouloir à la vie de la belle souveraine. Il fallait absolument qu'elle en informe Julien et Léo ! Elle posa son couteau et regarda autour d'elle. Ses amis venaient juste d'entrer en portant des paniers remplis de branches.

Stupéfaite, elle s'aperçut que Kija était avec eux.

D'un mouvement souple, la chatte sauta sur la table et s'approcha de Kim, qui la prit dans ses bras pour la caresser. « Elle est encore plus belle à la lumière du jour », souffla-t-elle. Elle subtilisa un petit morceau de poisson et le lui donna.

– Ton travail a l'air moins fatigant que le nôtre, se lamenta Julien. Les paniers pèsent de plus en plus lourd !

– Ne nous plaignons pas, intervint Léo. Au moins, on est à l'air frais et on évite cette cuisine étouffante !

– Écoutez-moi…

Tout excitée, Kim prit ses deux amis à part et leur raconta ce qu'Ani lui avait appris.

– Hatshepsout est visiblement en grand danger, commenta Julien lorsqu'elle eut fini.

– Et Kija aussi, ajouta-t-elle. Il faut que nous soyons très vigilants !

La chatte, blottie au creux de son bras, se laissait masser le dos en ronronnant, les yeux mi-clos.

Inebny, le vice-roi de Nubie, était un homme de haute stature à la peau brune et à l'humeur morose. Kim eut l'occasion de le constater dès qu'elle se joignit aux domestiques pour porter dans l'une des salles d'apparat les innombrables plats préparés pour le banquet.

Assis à une table en compagnie de l'un de ses serviteurs, Inebny gardait le silence tandis qu'une cinquantaine de personnes festoyaient. Près du vice-roi et de son garde du corps étaient installés de hauts fonctionnaires du gouvernement et des amis de la famille. La plupart des hommes portaient des perruques ornées de cônes imprégnés de parfum, qui fondaient peu à peu à la chaleur en répandant des effluves légèrement épicés. La souveraine, assise sur son trône et coiffée de sa couronne parée d'un cobra, se laissait éventer par un esclave qui se tenait en retrait. L'enfant auprès d'elle, Thoutmôsis III, avait le visage buté et le menton proéminent. Il observait la scène d'un air presque arrogant. Kija, installée sur un coussin aux pieds de la pharaonne, se reposait, les paupières à demi fermées. D'un mouvement de la main, Hatshepsout ordonna à trois musiciens de commencer à jouer; aussitôt d'adorables jeunes filles se mirent à danser au son de la harpe et du luth.

Kim passait d'invité en invité, proposant différents mets empilés sur un plateau.

– Désirez-vous un morceau d'oie rôtie ? De l'antilope ? Des concombres farcis ? demanda-t-elle au vice-roi avec déférence.

– Disparais de ma vue ! lui ordonna brutalement Inebny.

– Sale crétin ! répliqua-t-elle du tac au tac.

Kim aurait mieux fait de se mordre la langue... Trop tard, l'injure lui avait échappé des lèvres.

– Quoi ? Qu'est-ce que tu viens de dire ? grinça Inebny.

– Jamais je n'aurais osé vous adresser la parole, monseigneur, se hâta-t-elle de répondre en faisant une profonde révérence.

– Je te le conseille vivement, petite effrontée ! cria Inebny avec dédain.

Furieuse, Kim tourna les talons. Elle aurait adoré écraser un concombre sur le crâne de ce Nubien ; hélas, elle dut se contenir, ne voulant pas se mettre en danger, non plus que ses amis. Son regard se posa sur la pharaonne, à qui l'on venait d'apporter à boire. D'un geste empreint de dévotion, le serviteur remplit la coupe de la souveraine, qui la tendit à son goûteur. Après avoir bu une gorgée, ce dernier voulut lui rendre le breuvage ; soudain il fut pris de forts tremblements. L'homme porta les mains à son cou, sa bouche s'ouvrit, et il s'effondra sur le sol en râlant. Au même instant, une immense clameur envahit la salle. Hatshepsout, qui s'était levée d'un bond, voulut se pencher sur le malheureux, mais ses gardes du corps la retinrent.

Quelqu'un s'écria :

– C'est une tentative de meurtre ! On a essayé d'empoisonner la divine Hatshepsout !

On appela un médecin. Kim posa son plateau et se fraya un chemin à travers la foule indignée. En passant devant Inebny, elle remarqua qu'il était le seul à garder son calme. Immobile et insensible à toute cette agitation, il souriait. Était-il impliqué dans cet attentat ?

Kim venait d'atteindre le goûteur, allongé sur le dos. Son visage était livide, ses paupières, mi-closes et son corps, secoué de violentes convulsions. En mobilisant ses dernières forces, l'homme agita faiblement la main en direction de Kim. Celle-ci s'agenouilla près de lui. Il fit à nouveau le même signe, et elle colla l'oreille contre ses lèvres.

– Le crocodile, souffla-t-il dans un râle, le crocodile dans la ville des morts.

Kim ne comprit pas ce qu'il voulait dire. Elle regarda autour d'elle : si seulement elle pouvait faire quelque chose pour lui… Il pouvait mourir à tout instant si on ne lui venait pas immédiatement en aide !

– Où est donc le docteur ? cria-t-elle, désespérée.

Les gens s'écartèrent, et le médecin du palais fit son entrée. Mais il arrivait trop tard : le mourant se tordit de douleur une dernière fois et, l'instant d'après, rendit l'âme.

## 6. Promenade nocturne sur le Nil

La pénombre, messagère de la nuit, avait enveloppé le palais ; la lune, ronde et blanche, trônait au-dessus du majestueux bâtiment. Cependant, la paix, qui à cette heure-ci régnait d'habitude en ces hauts murs, n'arrivait pas à s'installer. L'état d'alerte générale avait été donné après la tentative de meurtre de la pharaonne ; on avait doublé tous les postes de garde.

On interrogea Rechmire, le chef de cuisine : comment le poison avait-il pu être versé dans le vin ? Le mystère restait entier. La cruche qui avait servi à remplir la coupe d'Hatshepsout avait disparu comme par magie, ainsi que le serviteur chargé de la présenter à la souveraine. Il était activement recherché dans toute la ville.

Julien, Kim et Léo apprirent de la bouche d'Ani que celui qui avait ourdi l'attentat aurait pu réussir, car il arrivait souvent qu'Hatshepsout ne fasse pas appel à un goûteur avant de manger et de boire.

Les trois amis, assis sur les nattes de leur petite chambre, étaient plongés dans leurs réflexions.

– Es-tu certaine qu'Inebny ait ricané, Kim ? demanda, une fois de plus, Julien.

– Oui, j'en suis sûre. Peut-être voulait-il tuer Hatshepsout parce qu'elle a refusé de l'épouser.

Léo chassa la mouche qui bourdonnait autour de lui :

– Sauf que nous n'avons aucune preuve ! Si on va voir Hatshepsout pour lui parler de nos soupçons, elle va nous rire au nez !

– Oui, ou nous jeter aux crocodiles ! enchérit Julien. À propos, que voulait dire le goûteur lorsqu'il a parlé de « crocodile dans la ville des morts » ? On ne trouve ces bestioles que dans le Nil !

– La ville des morts est située sur l'autre rive du fleuve, non ? enchaîna Léo tout en approchant la main de la mouche, qui s'était posée sur le mur, à côté de la petite lampe à huile.

Julien hocha la tête :

– Oui. L'autre nom de la ville des morts, c'est « nécropole ». Des temples et de nombreuses tombes y sont construits. Elle est habitée par les embaumeurs, les artisans qui fabriquent les sarcophages et les prêtres chargés des sépultures. Il doit y avoir aussi un port et une place du marché.

– Brrr ! C'est lugubre ! commenta Kim en entourant ses genoux de ses bras.

Léo frappa un coup sec et écrasa la mouche.

– Quelles saletés ! Quand on en pince une, il y en a tout de suite trois autres qui arrivent pour la venger ! Je suis couvert de piqûres…, murmura-t-il. Pourquoi rester assis ici à se laisser dévorer petit à petit par les insectes ? Et si on allait jeter un œil sur la nécropole ? « Crocodile », ça pourrait être aussi le pseudonyme de quelqu'un, ou le nom d'un bâtiment…

– Ça doit être drôlement dangereux, de s'aventurer dans la nécropole, observa Julien.

– Non, pas forcément. De toute façon, je ne peux plus rester ici sans rien faire, répondit Léo sèchement en tentant d'écraser une autre mouche.

– Je suis d'accord avec toi, fit Kim. Cette étrange histoire de « crocodile » est notre seule piste à peu près concrète, ça vaut le coup de l'explorer.

Léo et Kim finirent par convaincre Julien. Ils se faufilèrent dehors et se dirigèrent dans l'obscurité en direction du Nil. Soudain, ils entendirent un léger miaulement et se retournèrent brusquement. Kija jaillit de derrière un acacia et s'élança à leur rencontre.

– Mais que fais-tu là, petite vagabonde ? lança Kim en riant. Tu sais que tu dois rester au palais !

Elle se pencha vers la chatte et lui gratta la tête. Kija se frotta contre ses jambes.

– Qu'allons-nous faire d'elle maintenant ? La ramener au palais ?

– Ah non ! s'exclama Julien, on va encore nous soupçonner d'avoir voulu lui faire du mal !

Léo avait une autre solution :

– On n'a qu'à l'emmener ! On prendra bien soin d'elle.

– Et peut-être qu'elle aussi veillera sur nous, enchaîna Julien, comme elle le fait pour la divine Hatshepsout.

Les trois amis demandèrent le chemin de la nécropole à des passants et, peu de temps après, ils atteignirent le Nil. L'énorme fleuve coulait en scintillant au clair de lune ; des grenouilles coassaient dans les roseaux. Sur l'autre rive brillaient quelques lumières isolées de la ville des morts.

– Il nous faut un bateau pour traverser le fleuve, dit Léo.

Il regarda autour de lui et aperçut, à quelques pas de là, un ponton étroit qui surplombait les flots et auquel était amarrée une barque de pêcheurs.

– Vous voyez ce que je vois ? chuchota-t-il. On va l'emprunter pour un petit moment. Venez !

Sans attendre, il s'engagea sur le ponton, qui se mit à tanguer de façon inquiétante. Kim le suivit, la chatte dans les bras ; Julien fermait la marche.

– Vous croyez qu'il y a vraiment des crocodiles dans le fleuve ? murmura-t-il en titubant sur la planche branlante.

– Évidemment ! répliqua Léo.

Mais il était loin d'être aussi décontracté qu'il voulait le paraître. Tandis qu'il cherchait à l'arrière du bateau une rame ou quelque chose d'approchant, il sentit la puissance du courant qui entraînait l'embarcation. Quelle serait sa force lorsqu'ils seraient au milieu des eaux ? Léo trouva sous un siège deux grands bâtons de bois, dont l'une des extrémités s'élargissait pour former une sorte de pagaie :

– OK, on y va ! Larguez les amarres !

Kim défit le nœud du cordage reliant la barque au ponton. La petite coquille de noix partit tout de suite à la dérive. Léo, resté à la poupe, essayait de barrer, Julien pagayait à l'avant ; Kim était assise au milieu, la chatte sur ses genoux. Kija avait une oreille dressée et l'autre rabattue, ce qui signifiait qu'elle n'était pas très rassurée. Elle poussa un miaulement plaintif.

Sous la violence des vagues, l'embarcation tourna plusieurs fois sur elle-même, comme une toupie.

– Il faut que tu maintiennes le cap ! cria Julien.

– Je n'y arrive pas ! hurla Léo.

La force du fleuve était énorme. Les trois enfants s'aperçurent vite que leur trajectoire les éloignait trop du port de la nécropole. Mais ce n'était pas le plus important : dans l'immédiat, ils devaient atteindre l'autre rive sains et saufs. La tâche était difficile…

– Bâbord, toute ! rugit Julien.

Léo plongea sa rame au plus profond de l'eau et donna un brusque coup de barre, pratiquement sans effet.

– J'ai dit bâbord, Léo ! Plus à bâbord !

– Arrête avec ton foutu bâbord ! s'emporta Léo à son tour. Le Nil se fiche complètement de tes bâbords ou tribords ! Au cas où tu ne t'en serais pas aperçu, c'est lui qui dirige, pas moi !

À cet instant, ils furent secoués par un coup violent. Léo décolla de son siège et faillit tomber sur Kim. On entendit un grincement, le bateau s'inclina sur le côté, et l'eau commença à l'envahir.

– Un banc de sable ! Nous sommes pris dans un banc de sable ! cria Léo, épouvanté.

Ils s'étaient échoués à peu près au milieu du fleuve. S'ils chaviraient maintenant, ils feraient le bonheur des crocodiles qui dégusteraient cette petite collation de minuit. Déterminé à les sortir de là, Léo planta sa rame dans les fonds sablonneux, appuya de toutes ses forces et, peu à peu, parvint à les dégager. Le bateau fut tout de suite happé par le courant du Nil, puis projeté sur l'autre rive. Bientôt, ils filèrent au milieu d'une forêt de roseaux dont les longues tiges fines fouettaient les parois du canot. Soudain, la course folle s'arrêta net. Un calme étrange enveloppa les rescapés du fleuve ; on n'entendait plus que le clapotis de l'eau.

– Terminus, tout le monde descend ! ordonna Léo d'une voix qu'il voulait joyeuse.

Mais, inconsciemment, il avait baissé le ton.

Ce silence donnait le frisson ; même les grenouilles se taisaient. Bizarre ! Avec prudence, il fit mine d'enjamber le bord de la barque... Tout à coup, il s'immobilisa : il venait de percevoir un mouvement furtif sur l'onde.

– Stop ! ordonna-t-il à ses amis, qui s'apprêtaient à le suivre.

Léo, comme envoûté, ne pouvait détacher ses yeux de la roselière, où une ombre noire de forme allongée était tapie dans l'eau peu profonde. Soudain, elle se mit à avancer lentement dans leur direction !

– Un crocodile ! hurla Léo. Sortons d'ici ! Vite !

Il se mit à pagayer vigoureusement en sens inverse. Julien, lui, ne réagit pas : il semblait anesthésié par la peur. Kim posa la chatte sur le plancher du bateau, arracha la rame de ses mains et vint en aide à Léo. Quelques puissantes poussées leur permirent de fuir les mâchoires du locataire affamé des roseaux.

Épuisés, ils se laissèrent dériver le long du rivage, jusqu'à ce qu'ils parviennent à une petite bande de sable dépourvue de végétation.

Après que Léo eut attaché leur esquif à une pierre, ils se dirigèrent en silence vers le royaume d'Osiris, le dieu des morts. Comme ils avaient été entraînés assez loin vers l'aval, ils durent courir un moment.

Enfin, les premières lumières de la nécropole apparurent. Ils atteignirent le port, où se trouvaient de nombreuses auberges, ainsi que des ateliers de fabrication de sarcophages, et des magasins proposant toutes sortes d'objets funéraires, comme des amulettes ou des croix

d'Ankh. Près d'un large ponton, quelques bateaux en bois, fixés à de solides piliers, attendaient d'être réparés.

Julien demanda à un homme âgé où se trouvait le « crocodile », mais ce dernier se contenta d'éclater de rire et de lui montrer le Nil. Les trois amis errèrent dans le port jusqu'à ce que Kija se manifeste par un miaulement énergique. La queue dressée, elle semblait savoir où il fallait aller.

– Viens ici, Kija ! cria Kim.

– Laisse-la tranquille, fit Léo. On dirait qu'elle veut nous montrer quelque chose !

– Une chatte ? Nous montrer quelque chose ?

Julien ne pouvait y croire.

– N'oublie pas que ce n'est pas un animal ordinaire, lui rappela Léo en suivant Kija.

Julien et Kim haussèrent les épaules et leur emboîtèrent le pas. Le félin fila dans une petite rue. Les enfants avaient du mal à le suivre sur le chemin étroit et sombre qui montait légèrement. Des deux côtés de la ruelle, les ateliers de fonderie et les écuries, plutôt miteux, se serraient les uns contre les autres ; Kija les dépassa sans ralentir. La voie s'élargit tout à coup, et un bâtiment plus grand attira le regard des enfants : il s'agissait d'une auberge qui déversait un flot de bruits et de lumières sur la place. Kija s'assit et fixa l'enseigne.

– Regardez ! chuchota Léo, la taverne s'appelle « Au crocodile » !

– Merci, Kija, souffla Julien, ébahi. Vous croyez que c'est un hasard ?

– Ça m'étonnerait, répondit Léo. Avec cette chatte, il n'y a pas de hasard.

Ils coururent à la fenêtre et jetèrent un coup d'œil à l'intérieur. Malgré l'heure tardive, les clients étaient encore nombreux, et l'aubergiste, secondé par deux jeunes femmes trop fardées, s'affairait entre les tables.

Soudain, Kim laissa échapper un léger sifflement.

– Dans l'angle, là-bas ! C'est l'un des serviteurs d'Inebny ! souffla-t-elle aux garçons.

Trois hommes étaient assis à une table devant leur bière. L'un d'eux leur tournait le dos. Kim ne connaissait pas le deuxième, un individu mince et de petite taille ; le troisième, en revanche, était sans aucun doute possible le domestique installé aux côtés du Nubien pendant le banquet ! Il tendit une bourse à l'homme dont on ne voyait pas le visage. Celui-ci la soupesa dans sa main droite, sur laquelle courait une longue cicatrice, puis il l'ouvrit pour contrôler son contenu. L'espace d'une seconde, des étincelles de lumière s'en échappèrent.

Il montra sa satisfaction en hochant la tête et tendit au valet d'Inebny un petit récipient. À sa vue, ce dernier haussa les sourcils et l'enfouit dans sa poche.

– Le serviteur d'Inebny ! chuchota Kim à l'oreille de Julien et Léo. À tous les coups, il vient d'acheter du poison ! J'étais sûre que le vice-roi était impliqué dans cette tentative de meurtre. Il déteste Hatshepsout parce qu'elle a refusé de l'épouser.

L'autre client fit le même achat et paya lui aussi avec de l'or.

– Baissez la tête ! Ils nous regardent ! souffla Léo au même moment.

En effet, l'homme mince venait de se lever. Il poussa sa chaise et fit un pas vers la fenêtre.

– Filons ! ordonna Léo.

Il se mit à courir, suivi par les deux autres. Ils se cachèrent derrière une carriole qui attendait devant l'auberge et à laquelle était attelé un âne. Au même moment, le visage de l'inconnu apparut à la fenêtre. Il scruta l'esplanade avec attention, puis fit un signe fébrile aux autres.

– Il nous a vus ! chuchota Julien.

En moins d'une minute, l'individu fonçait dans leur direction, accompagné du serviteur

d'Inebny. Kim prit Kija dans ses bras, et tous trois s'élancèrent dans le dédale de petites rues, où ils parvinrent à semer leurs poursuivants.

Un peu plus tard, le trio, complètement épuisé, atteignit la barque. Malgré leur appréhension, ils entreprirent de traverser le Nil pour la deuxième fois de la nuit. Par chance, ils n'eurent aucun problème. Sobek, le dieu crocodile, ayant ordonné à ses créatures d'observer la trêve nocturne, les enfants purent atteindre sains et saufs la rive est de Thèbes.

– À partir de demain matin, on va passer les domestiques d'Inebny au crible, déclara Julien, tandis qu'ils regagnaient le palais d'un pas pesant.

Ses amis, bien trop fatigués pour lui répondre, se contentèrent de hocher la tête. Ils ignoraient qu'une surprise de taille les attendait le lendemain.

## 7. Une tentative d'avertissement ratée

Kim, les yeux pleins de larmes, éminçait un oignon. L'agitation habituelle régnait dans la cuisine du palais. Rechmire bondissait de l'un à l'autre, tel un énorme ballon de caoutchouc, exigeant qu'ils accélèrent la cadence.

– Même si tout indique qu'Inebny, blessé dans sa vanité, a commandité l'attentat, on ne peut pas l'accuser, souffla Kim aux garçons, qui se tenaient près d'elle.

Julien et Léo venaient d'apporter de lourds paniers remplis d'oignons, de céleris, de baies et de pain.

– Je suis de ton avis, approuva Julien. En fin de compte, on ne sait pas si le récipient qu'a acheté son domestique contenait vraiment du poison, ni s'il se l'est procuré sur ordre d'Inebny.

Léo hocha lentement la tête en tirant sur le lobe de son oreille :

– Mais pourquoi le goûteur a-t-il parlé de cette auberge s'il ne s'y passe rien de louche ?

– Il avait peut-être entendu des ragots, suggéra Kim. Avec tous les cancans qui circulent au palais…

La voix de Rechmire tonna dans leur dos :

– Allez, les enfants, allez, allez ! Plus vite ! Mon rôti de gazelle et son assortiment de petits légumes doivent fondre sous la langue de la pharaonne !

L'instant d'après, il avait disparu ; puis sa voix retentit à l'autre bout de la cuisine :

– Ah, voilà Mentmose, le nouveau goûteur !

Les trois amis se retournèrent… et furent saisis d'effroi. Devant eux se tenait l'individu chétif qu'ils avaient vu la veille à l'auberge ! Ils échangèrent un regard qui en disait long sur ce qu'ils pensaient, et se remirent au travail, le cœur battant. Léo et Julien ramassèrent leurs paniers et quittèrent la cuisine pour aider Ani à transporter les ingrédients ; Kim, elle, se remit à découper les oignons. Ses pensées s'entrechoquaient : le nouveau goûteur était l'homme qui, selon toute probabilité, avait acheté du poison ! Soudain, une main se posa sur son épaule.

– Regarde-moi ! ordonna une voix.

Elle obéit et leva les yeux sur le visage étroit de Mentmose. Il la fixait avec froideur et insistance.

– Je crois que nous nous sommes déjà rencontrés, affirma-t-il d'un ton si calme qu'il en était inquiétant.

Alors qu'elle ouvrait la bouche pour répondre, Kim sentit ses lèvres trembler :

– Non, ce n'est pas possible. Je... je viens juste d'arriver à Thèbes.

Elle songea qu'elle ne mentait pas en l'affirmant.

Mentmose secoua la tête :

– Je me suis peut-être trompé... mais c'est chose rare chez moi. Je t'aurai à l'œil ! lança-t-il en s'éloignant.

Un frisson parcourut le dos de Kim. Peu de temps après, elle put s'échapper de la cuisine et rejoignit ses amis dans la cour pour leur raconter l'incident :

– On doit prévenir Hatshepsout, conclut-elle.

– D'accord, je m'en charge, déclara Julien. Je lui parlerai pendant qu'on la servira.

Hatshepsout n'avait invité à son banquet qu'une vingtaine d'heureux élus appartenant à la haute société égyptienne. Tous se pressaient dans la salle argentée, ouverte sur le jardin royal, dont on apercevait l'étang décoratif et ses nénuphars. Les tables et les coussins de la pièce étaient recouverts de pétales de lotus. Des boissons fraîches avaient été apportées, mais la souveraine n'était toujours pas là.

Tandis que les enfants commençaient à disposer les plats et à remplir les coupes des convives, le héraut frappa deux fois dans ses mains, prit une profonde inspiration et annonça l'arrivée de la souveraine :

– Voici Horus, bien-aimé de Maât, qui apparaît comme le serpent royal, avec son immense pouvoir et sa grande jeunesse ! Voici la fille chérie d'Amon, voici Hatshepsout, la déesse reine !

À ces mots, tous se prosternèrent et touchèrent de leurs fronts les dalles froides du sol.

Hatshepsout fit son entrée, tel le soleil levant. Le serpent Uraeus en or fixé sur sa tête et les innombrables diamants tressés dans sa chevelure jetaient mille feux. Des pierres précieuses brillaient sur ses bras et ses mains, ainsi que sur les lanières de ses sandales. D'un geste gracieux, elle engagea ses invités et l'ensemble des domestiques à se relever et s'assit sur le trône. Comme d'habitude, Kija était à ses côtés, ainsi qu'un nouvel animal, un jeune lévrier, qui, la queue rentrée entre les pattes, se coucha à ses pieds.

Hatshepsout fit signe aux musiciens, et une mélodie céleste envahit aussitôt la salle. Le festin put commencer. À cet instant, Mentmose, courbé dans une révérence, s'approcha de la pharaonne.

– Vas-y, Julien, il faut que tu la préviennes ! fit Léo en donnant une bourrade à son ami.

Machinalement, Julien avança de quelques pas vers la pharaonne. Il sentait une sueur froide perler sur son front. Tout à l'heure, il n'avait pas douté de pouvoir accomplir sa mission, mais à présent… Les grands yeux sombres d'Hatshepsout glissèrent sur l'insignifiant aide-cuisinier sans le voir réellement. Julien fit un pas de plus vers la fière souveraine, puis un autre ; enfin, il osa prendre la parole, à voix basse, en s'inclinant humblement :

– S'il vous plaît, ô grand Horus…

– Qu'est-ce qu'il te prend, esclave, d'oser t'adresser à la divine reine ? siffla Mentmose. Disparais ! Retourne à ta place en cuisine !

Il foudroya le garçon du regard et s'approcha, menaçant. Seulement, Julien n'avait pas l'intention de s'avouer vaincu si vite.

– Écoutez-moi ! supplia-t-il Hatshepsout.

– Faut-il que j'appelle les gardes pour le faire fouetter ? demanda Mentmose en élevant la voix.

Mais il ne recueillit que l'indifférence, surtout celle d'Hatshepsout, plongée dans une conversation passionnante avec son vizir.

Déçu, Julien battit en retraite, ce qui arracha un sourire satisfait au goûteur. Il prit la coupe de la souveraine et en avala une gorgée. Julien, Kim et Léo suivaient la scène, fascinés ; Kija, elle aussi, ne quittait pas le calice des yeux, les poils de son dos hérissés comme des picots d'acier. Rien d'anormal ne se passa ; il ne semblait pas y avoir de poison dans le vin. Les trois enfants reprirent leur souffle. Hatshepsout saisit le verre et l'approcha de ses lèvres fardées de rouge foncé. Au même instant, Kija sauta sur ses genoux. Effrayée, la souveraine laissa tomber le breuvage, qui se répandit sur le sol, et adressa quelques mots de réprimande à la chatte. Les oreilles de Kija s'étaient rabattues vers l'avant, et ses yeux étaient grands ouverts. Elle tourna le dos et sauta à terre en évitant d'un mouvement gracieux la petite mare de vin.

Tout autre fut le comportement du lévrier. Attiré par l'odeur sucrée de la boisson, il flaira la flaque et, avant que les domestiques n'aient eu le temps de l'essuyer, commença à laper le liquide avec avidité. Soudain, il s'étouffa, son corps se mit à trembler et ses pattes avant se plièrent. De la mousse sortit de sa gueule et il tomba sur le côté.

– Le vin était bien empoisonné ! hurla Kim.

Un grand tumulte éclata dans la salle, et la jeune fille put se glisser jusqu'au lévrier. Le corps de l'animal fut encore secoué de quelques spasmes, puis il ne bougea plus : il était mort.

– Pauvre bête, murmura Kim, les yeux pleins de larmes.

Julien et Léo osèrent s'approcher à leur tour.

– L'important, c'est qu'Hatshepsout ne soit

pas morte ! Kija lui a sauvé la vie, chuchota Julien. Cette chatte est vraiment son meilleur garde du corps !

Les enfants regardèrent la pharaonne, qui, pâle et tremblant de colère, se tenait debout, immobile. Puis sa voix claire résonna dans la salle, et toutes les conversations cessèrent :

– Où est le goûteur ?

Mais Mentmose avait profité de l'agitation générale pour s'éclipser. Hatshepsout lança sans attendre ses gardes à sa recherche.

Il suffit d'à peine quinze minutes pour que le fugitif soit rattrapé et traîné devant la pharaonne.

D'un ton menaçant, Hatshepsout déclara :

– Celui qui s'attaque à la bien-aimée d'Amon risque la peine de mort ! Je suis Maât, justice et juge à la fois, et je dispose des pleins pouvoirs. Je suis une divinité. À genoux, misérable ! Était-ce ton propre plan de lâche ou quelqu'un d'autre a-t-il organisé cet attentat ?

Un garde donna un coup dans le dos de Mentmose, qui tomba aux pieds de la souveraine. Néanmoins, il redressa la tête.

– Tu n'es pas une divinité ! Et encore moins la déesse Maât ! siffla-t-il avec haine. Tu n'avais pas le droit de parer ton front de la couronne au cobra. Aucune femme ne doit s'asseoir sur le trône des pharaons ! Tu...

– Assez, misérable ! l'interrompit la pharaonne. Dis-moi plutôt comment tu as fait pour survivre à ce breuvage.

Un mince sourire éclaira le visage de Mentmose :

– L'antidote que j'ai bu auparavant m'a protégé.

– Il ne te protégera pas des crocodiles ! déclara froidement Hatshepsout. Qui sont tes commanditaires ? Parle !

Le goûteur serra les poings :

– Tu ne le sauras jamais. Mais tu ne pourras pas leur échapper, ils te tueront !

# 8. L'homme à l'arc

Le lendemain, à midi, le soleil dardait sur la terre ses rayons brûlants. Pas un souffle d'air pour apporter un peu de fraîcheur ; tout, y compris la ruche bourdonnante du palais, paraissait anesthésié par la canicule.

Julien, Kim et Ani se reposaient dehors, à l'ombre. Rechmire leur avait accordé une pause et Ani leur distribuait des morceaux d'une pomme savoureuse qu'ils dégustaient en buvant de l'irtet. Léo, jouait à côté avec Kija qui, à présent, ne les quittait presque plus. Elle s'assit devant Léo, qui tentait de la distraire avec une balle, et le fixa de son regard vert et intelligent. Léo lança la balle, mais Kija se contenta d'incliner la tête et se mit à lécher sa patte droite.

– C'est bon, j'ai compris, grommela le garçon en allant récupérer le jouet lui-même. J'arrête de te prendre pour un chien…

– Vous connaissez la nouvelle ? leur demanda Ani, la bouche pleine. Inebny a quitté le palais ce matin. Hatshepsout l'a autorisé à partir.

Julien acquiesça ; il s'y attendait. La veille, il avait à nouveau tenté de parler à la souveraine et était même parvenu à lui glisser quelques mots… Mais quelles preuves contre Inebny pouvaient-ils avancer ?

– Qui avait engagé Mentmose ? voulut-il savoir. Rechmire ?

– J'ai entendu dire qu'il avait été recommandé à la reine par l'un de ses intimes, lui apprit Ani.

Le jeune Égyptien cracha un pépin à l'autre bout de la cour, dessinant un parfait arc de cercle :

– Mentmose était censé avoir une excellente réputation.

– Heureusement, l'attentat a été déjoué, intervint Kim, le faux goûteur a été attrapé, et Inebny est parti. Il n'y a plus de danger à présent.

– Et le troisième homme qui était dans l'auberge, tu l'oublies ? lança Julien.

Kim secoua la tête :

– Il ne peut rien entreprendre seul.

– Tout de même, on devrait retourner faire un tour du côté de ce café pour retrouver la trace de cet individu…, insista Julien.

Les trois amis décidèrent de saisir la première occasion pour se rendre à la cité des morts.

Ce ne fut pas possible au cours des deux jours suivants, car Rechmire maintenait une telle pression qu'une fois leurs longues heures de travail achevées ils s'écroulaient sur leurs nattes, trop épuisés pour envisager une quelconque expédition nocturne dans la nécropole.

Pendant ce temps, la vie au palais avait lentement repris son cours normal. Bien que le climat de méfiance et de peur se soit peu à peu dissipé, Julien, Kim et Léo restaient vigilants.

Le soir du troisième jour, Ani leur fit signe de s'approcher d'une des fenêtres de la cuisine, d'où l'on voyait les jardins du palais. Un bataillon de jardiniers y travaillaient. Ils arrachaient les mauvaises herbes des parterres de fleurs aux couleurs éclatantes, coupaient les haies et arrosaient les arbres exotiques.

– Regardez ! Voilà notre pharaonne ! s'écria Ani, tout excité.

En effet, la silhouette gracile de la souveraine venait d'apparaître à vingt mètres d'un étang parsemé de magnifiques lotus. Elle rentrait tout juste du temple de Karnak, où elle avait fait sa prière quotidienne et présenté une offrande à Amon, le plus puissant des dieux. Quelques courtisans la suivaient à distance. Hatshepsout se dirigea vers l'un des enclos disséminés dans le parc, qui hébergeaient des lions, des guépards, des antilopes cervicapres et des hyènes. Soudain, une forme glissa rapidement sur la pelouse et bondit dans ses bras.

– Kija ! s'exclama Kim.

Elle regardait, pleine d'admiration, la pharaonne qui caressait le félin.

– Je crois que la vie d'Hatshepsout n'est pas si géniale que ça…, murmura Julien, comme s'il avait lu dans les pensées de Kim. Bien sûr, elle est super riche et puissante, mais…

– Elle est trop belle…, le coupa Léo, le visage illuminé d'un sourire rêveur.

– Oui, c'est vrai, continua Julien. Néanmoins, je n'aimerais pas échanger ma vie

contre la sienne. Elle a toujours une tâche à effectuer, un rituel religieux à accomplir, les affaires du pays à régler… Et, en plus, elle paraît en danger permanent.

Hatshepsout posa la chatte et se dirigea vers une cage où un lion majestueux tournait en rond derrière les barreaux.

– Notre pharaonne aime toutes les espèces d'animaux, commenta Ani en jouant avec sa mèche. Elle se promène souvent dans le parc.

À cet instant, la voix de Rechmire résonna derrière eux :

– Ani, viens par ici ! Je veux que tu files faire une course au marché !

Ani obéit en soupirant, tandis que ses amis continuaient à contempler la souveraine. Le lion s'était immobilisé et la fixait. Tout à coup, ses muscles se contractèrent, comme s'il s'apprêtait à sauter. Au même moment, les enfants entendirent un sifflement aigu. Ils levèrent les yeux.

– Une flèche ! s'écria Léo.

Le projectile se dirigeait droit sur Hatshepsout !

Tout alla ensuite très vite : Kija se jeta entre les jambes de sa maîtresse, qui trébucha et tomba en avant. La flèche la manqua d'un cheveu, et se planta en vibrant dans le tronc d'un acacia. Les gardes du corps entourèrent la pharaonne, toujours au sol, et formèrent un bouclier pour la protéger.

– Ça venait de là-haut ! hurla Léo en montrant du doigt le toit de la cuisine.

Il fonça dans la cour et regarda en l'air : une silhouette était en train de s'enfuir.

Alors que Julien et Kim, les yeux écarquillés, restaient figés telles des statues, Léo se lança à ses trousses, grimpant l'escalier qui desservait le toit en terrasse. Il faillit percuter un soldat pourchassant, lui aussi, le fuyard, qui courait vers le mur du palais contigu à la cuisine. Le garde royal s'immobilisa, souleva sa lance et la jeta de toutes ses forces en direction de l'agresseur. Un cri retentit. La jambe droite touchée, l'homme chancela, mais continua à longer le toit en boitillant. Tout à coup, il se retourna, et Léo fut saisi de panique : l'auteur de l'attentat bandait son arc ! Le sifflement synonyme de mort déchira l'air. Léo eut à peine le temps de se jeter au sol. La flèche se planta juste devant lui. L'archer poussa un juron, jeta son arme et reprit sa fuite.

Cependant il n'arrivait pas à garder son avance : son poursuivant n'allait plus tarder à le rattraper. Il avait déjà dégainé son poignard. Léo s'élança derrière le soldat, qui parvint à saisir le fugitif par la tunique au moment où celui-ci atteignait le mur. L'individu lui enfonça son coude dans le ventre, et le militaire se tordit de douleur. Frappé violemment à la main droite, il lâcha sa dague. Enfin, l'archer lui donna un coup de pied qui le fit vaciller et s'effondrer sur le sol. Rapide comme l'éclair, l'agresseur se baissa et ramassa le couteau, puis, les jambes écartées et le bras levé, il s'apprêta à le poignarder.

Au même instant, il laissa échapper un cri de douleur : Léo venait de se ruer sur lui. L'homme tomba la tête la première et perdit son arme. Il se retourna et empoigna le garçon, qui était à moitié allongé sur lui, et lui enserra le cou des deux mains. Son visage trahissait la haine et une froide détermination. Léo voulut crier, sans y parvenir. Il frappa au hasard avec ses poings et ses pieds. Ce faisant, il sentit sous ses doigts un petit objet métallique, qu'il attrapa. Des étoiles tournoyaient sous ses paupières ; il eut l'impression qu'un temps infiniment long s'était écoulé avant que la pression autour de son cou ne se relâche. Le voile se dissipa enfin, et le visage du meurtrier disparut. Léo se mit à quatre pattes ; à chaque inspiration, il poussait un râle. Son étrangleur était allongé près de lui, ses yeux sans vie fixés sur l'azur.

– Par Amon ! Cet individu appartenait à la garde du palais, bredouilla le soldat, stupéfait.

Le poignard avec lequel il venait de tuer le fuyard lui glissa des doigts. Des cris retentirent, et un groupe d'hommes armés les rejoignit. Pendant ce temps, le garde se pencha sur Léo.

– Est-ce que tout va bien ? l'interrogea-t-il, inquiet.

– Oui, fit le jeune garçon d'une voix rauque en hochant la tête.

Il remarqua qu'il tenait toujours dans sa

main le morceau de métal qu'il avait arraché. Il s'agissait d'une amulette en or, incrustée de pierres précieuses, représentant un homme avec une tête noire de chien. Léo demanda quelle en était la signification, mais personne ne prit la peine de répondre à sa question. On le remercia pour son intervention, avant de lui enjoindre de reprendre son travail. L'amulette n'intéressait personne.

Perplexe, Léo retourna en cuisine, où ses amis l'attendaient. Après leur avoir raconté les détails de la traque du mystérieux archer, il leur montra sa trouvaille.

– Aucun doute là-dessus, il s'agit du dieu Anubis, déclara Julien sans hésitation. C'est le dieu des morts et de l'embaumement.

– Hum… et si c'était un indice de plus pour nous ramener à la cité des morts ? s'interrogea Kim.

Léo haussa les épaules :

– C'est possible, sauf qu'on n'est pas plus avancés pour autant !

Julien réexamina l'amulette et la soupesa dans sa main :

– Cet objet a dû demander de longues heures de travail. Il a sans doute beaucoup de valeur. Tout le monde ne peut pas posséder une chose pareille ! En tout cas, il est beaucoup trop cher pour qu'une simple sentinelle puisse se l'offrir. Il faut qu'on le montre à Ani. Il aura peut-être une ou deux idées sur le sujet…

## 9. Dans la cité des morts

Ani revint du marché avec, dans chaque main, un panier garni de toutes sortes d'épices.

– Enfin, te voilà, s'énerva Rechmire. Donne-moi ça ! J'espère que tu n'as pas oublié les gousses de caroube !

Méfiant, il passa en revue les achats d'Ani, poussa un soupir de soulagement et les emporta en fredonnant vers l'un des foyers.

Julien, Kim et Léo choisirent cet instant pour tout raconter à Ani et lui montrer l'amulette.

– As-tu déjà vu ce genre de talisman ? le questionna Julien.

Ani émit un sifflement impressionné :

– Il vaut une fortune ! Il n'a pu être fabriqué que dans la nécropole. La plupart des prêtres en portent.

– Ani ! rugit Rechmire du fond de la cuisine, il faut que tu retournes au marché. J'ai besoin de miel frais. Dépêche-toi, mon garçon, et sans rouspéter !

Ani leva les yeux au ciel et repartit sur-le-champ.

– Comment un simple garde pouvait-il posséder un tel bijou ? se demanda Léo dès qu'ils furent seuls.

– Je ne vois qu'une seule explication, fit Julien. Il l'a certainement reçu en paiement de ses services.

– Oui, ça devait être son salaire pour le meurtre de la souveraine, enchérit Kim. Ce qui signifie qu'il avait bien des commanditaires !

Julien hocha la tête :

– J'en suis convaincu. Peut-être s'agit-il du troisième homme qui était dans l'auberge ? C'est pour cette raison qu'il faut retourner dans la nécropole et essayer de retrouver l'orfèvre qui a fabriqué ce joyau. Avec un peu de chance, le nom de son client va lui revenir en mémoire !

– Il serait dangereux de s'évaporer encore une fois tous les trois en même temps, ça se remarquerait trop ! objecta Léo. Par contre, l'un d'entre nous peut prétexter qu'il est malade, ou trouver une astuce du même genre.

– Je m'en occupe, déclara Kim. J'aime les histoires de bijoux.

– Tu veux vraiment retourner toute seule dans la ville des morts ? s'étonna Julien.

– Oui, pourquoi pas ? Ne vous inquiétez pas pour moi.

À cet instant, Kija sortit de dessous la table. Les enfants accueillirent le bel animal d'un « salut ! » enthousiaste. Kija accepta leurs caresses en ronronnant. Soudain, Rechmire revint à la charge, haletant comme un phoque, son abdomen se gonflant comme un énorme soufflet.

– Vite, les enfants ! Allez donner un coup de main à la découpe, notre souveraine a bouleversé le menu et exigé qu'on lui prépare pour aujourd'hui de l'émincé d'oie au vin blanc ! cria-t-il avec autorité.

Après le service de midi, le silence s'abattit sur la cuisine du palais. Rechmire lui-même s'accorda une petite pause. Il somnolait paisiblement sur une chaise, les mains jointes sur son ventre, soulagé que son émincé ait été au goût de la déesse du Nil.

Frôlant le cuisinier, Kim se glissa sur la pointe des pieds jusqu'à la porte. Sans bruit, la superbe chatte aux yeux verts et aux pattes de velours la suivit.

Un bac les transporta de l'autre côté du Nil. De jour, la nécropole semblait bien plus accueillante. Le marché commençait dès le débarcadère, où de modestes bancs étaient alignés les uns à côté des autres. Des auvents en toile protégeaient les étalages – pour la plupart de légumes et de poisson – des rayons impitoyables du soleil. Un scribe proposait ses services, installé à l'ombre d'un arbre avec son écritoire, ses brins de roseaux et sa palette.

Kim, suivie de Kija, parcourut le marché de long en large à la recherche d'un orfèvre. Elle finit par se renseigner auprès d'un marchand. Le commerçant lui indiqua d'un geste vague la direction d'un temple, le point de départ d'un dédale de ruelles, bordées de simples maisons en torchis. Au bout de quelques pas, Kim fit la grimace : elle était de toute évidence arrivée dans la rue où les prêtres préparaient et embaumaient les corps.

« Bonjour l'odeur, pensa-t-elle. J'aurais mieux fait de rester dans la cuisine, en compagnie des poissons. »

Elle frappa à la porte de la maison la plus proche, espérant que le propriétaire pourrait la renseigner.

Une voix lui cria d'entrer, et elle pénétra dans une pièce plongée dans la pénombre. Kija, quant à elle, resta sur le pas de la porte et entreprit de lécher son pelage.

Une nuée de mouches bourdonnait à l'intérieur ; la puanteur qui y régnait rendait l'air irrespirable. Kim buta contre quelque chose de dur et s'aperçut qu'il s'agissait d'un bassin en forme de baignoire où flottait quelque chose. Effrayée, elle recula : c'était un cadavre, qui baignait dans une solution dégageant des effluves piquants.

Elle se rappela avoir lu, avec les garçons, plusieurs documents parlant du bain de natron ; on y plongeait les corps avant l'embaumement.

– Que veux-tu, mon enfant ? fit une voix affable.

L'estomac secoué de nausées, Kim leva les yeux. Un petit homme au regard triste et sombre venait de sortir de l'arrière-boutique.

– Un membre de ta famille est-il mort ? demanda-t-il, plein d'espoir. Je m'appelle Paheri.

Il désigna le cadavre dans la baignoire :

– Je suis en train de terminer son embaumement pour lui assurer la paix éternelle.

Quatre vases canopes contenant les entrailles du défunt étaient posés sur une planche au-dessus de la dépouille.

– Non, non…

Les mots se bousculaient sur les lèvres de Kim. Elle prenait de courtes respirations par la bouche :

– Je suis à la recherche d'un orfèvre.

– Le coin où ils sont installés débouche dans notre rue, expliqua le petit homme. Et, si un membre de ta famille vient à mourir, rappelle-toi Paheri, le maître embaumeur.

– C'est promis, lança-t-elle avant de sortir en courant.

Quelques instants plus tard, elle atteignait l'endroit où les ateliers des bijoutiers se pressaient les uns contre les autres.

« Flûte ! pensa-t-elle, découragée. Comment faire pour trouver le bon ? »

Son regard se posa sur Kija, qui avait accéléré le rythme, comme si elle poursuivait un but bien précis. L'animal fila jusqu'à un bâtiment qui ne payait pas de mine et s'assit devant. Kim, qui l'avait suivie, hésita un moment, puis se força à entrer, la chatte sur ses talons.

L'orfèvre, un homme tout maigre, était en train de ciseler un scarabée sacré en argent. Il interrompit son travail et observa, méfiant, sa jeune visiteuse.

– Un enfant et un chat..., lâcha-t-il, renfrogné. Mon expérience me dit que ce n'est pas avec vous que je vais faire de bonnes affaires.

– Pourquoi pas ? répliqua Kim. J'ai trouvé

sur le bateau un bijou que j'aimerais rendre à son propriétaire. Si son nom ne vous est pas inconnu, je partagerai avec vous la récompense.

Elle avait sorti l'amulette et laissa le bijoutier l'examiner. Il leva les yeux, paraissant se demander s'il devait ou non croire à son histoire. Kim sentit le feu lui monter aux joues sous son regard perçant. Finalement, il reprit l'examen du talisman.

– En effet, je connais cette pièce, déclara-t-il d'un ton un peu plus aimable. C'est moi qui l'ai fabriquée.

Le pouls de Kim s'accéléra :

– C'est ce que j'espérais ! Vous rappelez-vous le nom de la personne pour laquelle vous avez exécuté ce magnifique objet ?

– Je veux la moitié de la récompense, exigea froidement l'orfèvre.

– C'est d'accord.

Il se leva et se mit à arpenter l'atelier.

– Hélas, cela fait au moins un an que j'ai créé cette amulette, murmura-t-il. Je sais qu'elle était destinée à un prêtre, mais son nom…

– S'il vous plaît, essayez de vous souvenir…

L'artisan laissa une minute s'écouler. Kim frissonnait d'impatience. Enfin, il secoua la tête :

– Non, j'ai oublié son nom, je suis désolé. Je me fais vieux. Mais un détail me revient en mémoire : il avait une longue cicatrice sur le dos de la main droite.

Kim sursauta : une cicatrice sur la main droite, comme celle de l'homme dans l'auberge ! Elle se hâta de dire au revoir à l'orfèvre, non sans avoir promis de lui apporter la moitié de la récompense si elle trouvait le propriétaire du bijou.

À peine une heure plus tard, Kim et Kija étaient de retour dans la cuisine du palais, où Julien et Léo les attendaient avec fébrilité.

– Oui, l'expédition dans la nécropole en valait vraiment la peine, conclut Kim, tout excitée, après avoir terminé son récit. Et une fois de plus c'est Kija qu'il faut remercier !

– Quel dommage que le bijoutier ne se soit pas rappelé le nom de son client ! dit Julien. Au moins nous savons maintenant qui nous cherchons : un prêtre avec une cicatrice sur la main droite !

– Tout se tient ! s'écria Léo. Ani n'a-t-il pas dit que certains prêtres trouvaient insupportable de voir une femme sur le trône des pharaons ?

## 10. Un monde interdit

Les jours suivants, le trio fut très vigilant, profitant des occasions d'observer l'assistance rassemblée dans les salles d'apparat à chaque service des repas. Quelqu'un avait-il une cicatrice sur la main droite ? De nombreux prêtres entraient dans le palais et en sortaient. Parmi eux se trouvaient des hommes très influents, comme Hapouseneb, le grand prêtre, ou Senenmout, vizir et administrateur du temple d'Amon.

Aucun n'avait de cicatrice sur la main.

Ani continuait d'abreuver les jeunes gens de nouvelles. Ainsi, ils apprirent que le chef de la garde du palais avait été relevé de ses fonctions immédiatement après l'attentat à la flèche contre Hatshepsout. Mais ce n'était pas le seul bruit qui circulait au palais, loin de là.

– Êtes-vous au courant ? chuchota Ani avec une mine de conspirateur, alors qu'il revenait, une fois de plus, du marché. Inebny, le Nubien, serait toujours dans les environs de Thèbes !

Kim haussa les sourcils :

– Tu crois qu'il pourrait être à l'origine de la dernière attaque contre la pharaonne ?

– Oui. Il continue peut-être à préparer en secret sa vengeance. Mais, s'il est vrai qu'Inebny séjourne encore dans la région, il ne va pas tarder à en être expulsé.

Pourtant il n'y eut pas d'arrestation, et Inebny, ainsi que l'homme à la cicatrice, demeurèrent invisibles.

Deux jours plus tard, alors que les enfants venaient de terminer leur travail, Kim trancha :

– Puisque le prêtre ne vient pas à nous, c'est à nous d'aller à lui.

– Qu'est-ce que tu veux dire par là ?

– Une évidence : il faut partir en reconnaissance sur le site de Karnak.

Julien et Léo réfléchirent un instant, puis firent un signe affirmatif de la tête.

Après s'être fait expliquer le chemin, ils coururent à la tombée de la nuit jusqu'à l'édifice principal. Ils remontèrent une allée, gardée par des sphinx à tête de bélier, et arrivèrent devant le mur qui entourait le domaine de la déesse Mout. Derrière cette barrière infranchissable se trouvaient le lac sacré et le temple qui abritait le sanctuaire en or de la divinité. Il était hors de question que la porte s'ouvre pour trois insignifiants marmitons : les gardes ne les laissèrent pas entrer. Ils n'eurent pas plus de chance dans l'édifice voisin, dédié au dieu Amon et bien plus étendu que le premier. Se tenant bouche bée devant le gigantesque pylône, composé de deux tours massives entourant une porte de pierre, Julien, Kim et Léo se sentirent tout petits. Les tours étaient entièrement recouvertes de bas-reliefs, représentant des thèmes religieux ou guerriers. Des mâts, au bout desquels flottaient des fanions, étaient encore plus hauts. Ici également, l'entrée fut interdite aux enfants, seuls les prêtres et la pharaonne ayant accès au temple. Déçus, ils se dirigèrent vers la troisième enceinte, consacrée à Montou, dieu de la guerre. Là encore, les gardiens leur rirent au nez.

– Quelle plaie…, se lamenta Kim sur le chemin du retour.

– Pas grave ! la consola Léo. Ça valait tout de même la peine d'essayer.

Ils continuèrent leur route en silence.

La fatigue et le découragement s'abattirent d'un coup sur Julien. Il dit tout haut ce que Kim et Léo pensaient tout bas :

– Est-ce qu'on ne devrait pas rentrer… chez nous, dans notre monde ?

Aucun des deux ne répondit tout de suite.

– Non, décida Kim après réflexion. Je ne veux pas abandonner.

– Moi non plus, fit Léo, rêveur. Attendons encore quelques jours. Jusqu'à présent, on a réussi à progresser petit à petit. On a d'abord trouvé l'auberge, et maintenant on est sur la piste du prêtre à la cicatrice ! C'est déjà ça ! On ne doit pas se décourager si vite.

– Très bien, acquiesça Julien. Mais comment faire pour avancer ?

Seul le silence lui répondit. Bientôt, ils arrivèrent sur les bords du Nil. Des femmes marchaient sur le sentier. Elles portaient sur la tête de lourdes jarres remplies d'eau, et étaient entourées d'une bande d'enfants qui poussaient des cris joyeux. Au milieu du fleuve scintillant dans les dernières lueurs du jour, deux pêcheurs lançaient leurs filets. Les roseaux ployaient avec grâce sous la brise du soir.

– On doit continuer à ouvrir les yeux, conclut Kim. Si cet homme veut tuer Hatshepsout, il finira par se manifester.

Peu après, les trois amis retrouvèrent leur chambre au palais. Ils étaient prêts à aller se coucher lorsqu'Ani entra, avec sur l'épaule un ballot en toile.

– Hé, vous étiez où ? lança-t-il, mais il n'attendit pas la réponse. Regardez un peu ce que j'ai chipé en cuisine !

Il plongea la main dans le paquet et leur fit humer l'odeur délicieuse de son contenu.

– Mmmh, du gâteau au miel ! s'écria Léo, enthousiaste.

– Gagné ! Et j'ai aussi apporté des figues ! lança Ani en fouillant dans son sac.

Il en sortit également un damier rectangulaire et, tout en mangeant, leur expliqua les règles du jeu. Kim, Julien et Léo comprirent tout de suite qu'il s'agissait d'une variante du jeu de dames. Ils engagèrent une partie à la lueur de la lampe à huile. Ani déplaçait à une vitesse incroyable les pierres faisant office de pions et gagnait une fois sur deux, sans cesser de parler et de plaisanter au sujet de Rechmire. Au bout de deux heures, il se leva et déclara :

– Par Amon, il est tard ! Il est temps que j'aille me coucher, car demain est un jour très spécial !

– Ah bon ?

– Oh, pauvres ignorants ! On voit bien que vous venez d'une oasis ! fit Ani en riant. Ne me dites pas que vous ne savez pas quand a lieu la grande fête d'Opet ?

Les enfants haussèrent les épaules.

– Les dieux Amon, Montou et la déesse Mout vont quitter leurs temples et être présentés au peuple ! La divine Hatshepsout sera là, elle aussi, expliqua le marmiton, radieux. Les prêtres porteront en procession jusqu'au fleuve les barques sur lesquelles reposent les reliquaires des dieux. Tout le monde peut y assister ! Moi aussi, j'y vais, avec toute ma famille !

Les yeux de Kim se mirent à briller :

– Tu as dit que les prêtres seraient présents ?

– Oui, ils vont porter les barques des dieux.

– C'est vraiment très intéressant, conclut Kim d'un air entendu. Messieurs, j'ai comme l'impression qu'on ne doit à aucun prix manquer cette fête !

## 11. La main balafrée

Les effluves d'encens se diffusaient à l'intérieur du temple, où régnait un silence total. Comme s'il ne voulait pas rompre cette paix sacrée, le grand prêtre au crâne rasé brisa avec précaution le sceau d'argile qui protégeait le sanctuaire d'Amon. En cette fin d'après-midi, un mince rayon de soleil avait réussi à s'introduire dans la pièce sombre et s'était posé sur la statue en or pur d'Amon, représenté assis. La grande silhouette divine étincela sous la lumière. Le grand prêtre recula d'un pas, plein de vénération.

– *Imen wer er nechnech*, souffla-t-il.

Ce qui signifiait : « Amon, ta grandeur est éternelle. »

Puis il se prosterna sur le sol pour rendre hommage au dieu. Le regard froid et pensif de la statue aux yeux d'or fixait l'assistance ; l'ébauche d'un sourire sur ses lèvres reflétait son intelligence et sa puissance.

Après avoir récité une prière, l'officiant se releva et entreprit de revêtir le dieu de linge propre. La fête d'Opet avait lieu aujourd'hui, et il se donna encore plus de mal que d'habitude pour habiller la divinité du meilleur lin de tout le pays. Sa tâche achevée, il fit signe à plusieurs prêtres de rang inférieur, qui se rapprochèrent à pas feutrés en portant un coffre de bois en forme de bateau. Ils installèrent la lourde statue à l'intérieur et, obéissant à un ordre donné à voix basse, soulevèrent la charge. Le dieu était prêt à être présenté au peuple. Sur un geste du grand prêtre, ils quittèrent le temple lentement. Le dos de la main de celui qui marchait en tête, dans la rangée de gauche, était balafré d'une cicatrice dentelée.

Des milliers et des milliers de gens s'étaient rassemblés le long du chemin qui reliait les temples de Karnak au Nil ; ils avaient attendu là depuis des heures. Certains avaient pu s'installer tout près de la zone des temples, appelée avec respect Ipet-Sout, la Ville choisie entre toutes. La foule vibrait ; dans la plupart des yeux brillait un étrange éclat. N'était-ce pas la seule fois de l'année où ils auraient l'occasion de jeter un regard sur le plus puissant de leurs dieux ? Personne ne voulait manquer cet instant, d'autant que la présence d'Hatshepsout, de Montou et de Mout augmentait encore l'attrait de la cérémonie. Tous chuchotaient ; personne n'osait élever la voix. Julien, Kim et Léo étaient emportés par l'excitation générale. Ils avaient longtemps cherché à apercevoir Ani, mais lui et sa famille étaient restés invisibles, perdus dans la cohue.

À présent, les trois amis avaient, comme l'ensemble du public, les yeux fixés sur l'unique soldat qui se tenait immobile devant le pylône du temple d'Amon. Soudain, il éleva lentement la main vers Rê, le dieu du Soleil, et les murmures de la foule s'éteignirent aussitôt. Un musicien le rejoignit et commença à jouer du tambour. Le tempo choisi était d'abord aussi lent que celui des battements du cœur ; puis il s'accéléra jusqu'à ce que les baguettes frappent sans discontinuer la peau de l'instrument à une cadence effrénée. Brusquement, le roulement s'arrêta et la foule retint son souffle. Le moment tant attendu était enfin arrivé : la porte du saint des saints s'ouvrit, et les prêtres sortirent avec les barques transportant les dieux. Le cortège de la divine Hatshepsout était en tête de la procession. Le peuple, libéré de l'écrasante tension, cria son allégresse. La souveraine glissait sur un flot d'enthousiasme, accueillant avec une ébauche de sourire royal l'hommage de ses sujets. Elle portait la double couronne, le sceptre et le fléau, ainsi qu'un manteau en tissu léger, brodé de diamants.

– Comme elle est belle ! souffla Léo, sous le charme.

– Quel luxe ! Quelle opulence ! s'émerveilla Julien.

– Je vous signale que vous n'êtes pas ici pour vous extasier devant cette belle dame, mais pour repérer un prêtre avec une cicatrice sur la main ! lança Kim.

– Mais c'est ce qu'on fait ! se défendirent Julien et Léo.

Ils avancèrent un peu afin de pouvoir mieux observer les prêtres ; cependant aucun parmi ceux affectés à l'escorte d'Hatshepsout n'avait la plus petite balafre. C'était au tour des barques de la déesse Mout et du dieu Montou d'entrer dans le champ de vision des enfants ; ils eurent beau examiner attentivement les porteurs, ils ne repérèrent pas le signe distinctif du traître.

Des acrobates et des musiciens, jouant du sistre, du tambour et du luth, suivaient le cortège, et des jeunes filles dansaient au rythme enlevé des instruments. La procession atteignit l'apothéose avec l'arrivée d'Amon !

Telle une vague puissante, la foule se balançait d'avant en arrière, et les enfants avaient beaucoup de mal à conserver leurs places. La statue s'approchant, ils pouvaient mieux distinguer les visages graves des prêtres, dont le front ruisselait de sueur. Soudain, un homme de haute stature se glissa au premier rang et, malgré les protestations de Léo, poussa purement et simplement celui-ci sur le côté. Le jeune garçon hurla, séparé de ses amis ; hélas, ceux-ci ne l'entendirent pas.

« Quelle poisse, enrageait-il, essayant, sans succès, de reconquérir sa place. Les mains, il faut que je regarde leurs mains ! Je finirai bien par retrouver Kim et Julien. »

Il s'efforçait d'observer le cortège de derrière le dos de l'individu qui l'avait écarté. La barque d'Amon était maintenant à sa hauteur. Tout à coup, il se figea : l'un des porteurs avait une cicatrice sur la main droite ! Léo regarda mieux, pour être bien sûr de ne pas s'être trompé : il n'y avait aucun doute, la balafre était là ! Que faire maintenant ? Il se pinça l'oreille avec nervosité. Il fallait qu'il retrouve Kim et Julien ! Il écrasa de toutes ses forces le pied du gaillard qui s'était installé devant lui. La ruse fonctionna : ce dernier proféra un juron en sautillant sur une jambe, et Léo en profita pour se faufiler et rejoindre ses amis.

– Vous avez vu ? s'exclama-t-il.

– Mais oui, c'est lui ! Il ne faut pas le lâcher d'une semelle ! cria Kim.

Julien leur fit un signe de la main :

– Pas de problème ! Regardez !

La dernière barque venait de passer, et la foule déferlait sur la route pour suivre la procession. Julien, Kim et Léo l'imitèrent.

– On devrait peut-être prévenir les soldats ? demanda Julien alors qu'ils se dirigeaient vers le Nil.

– Non, répondit Kim, on n'a rien de concret qui permette d'accuser ce prêtre. Il faut des preuves !

– Je suis de ton avis, dit Léo. Ne les perdons pas de vue ! Il a certainement des complices, il nous conduira peut-être jusqu'à eux !

– Très bien, fit Julien.

Il se rangeait à l'avis de ses amis ; pourtant l'idée de coller aux talons d'un individu qui tentait l'impossible pour assassiner Hatshepsout le mettait mal à l'aise. Il soupira : c'était trop tard, la décision était prise.

## 12. Dans la tombe

La procession avait atteint le Nil. Les barques sacrées emportant les dieux furent chargées sur de petits bateaux. Le plus beau, orné d'or et de pierres précieuses, était réservé à Amon. Les dieux scintillants remontaient majestueusement le fleuve vers le temple de Thèbes, suivis par des embarcations de pèlerins. Le cortège formé par les prêtres, les soldats, les acrobates, les musiciens, les danseuses et le peuple cheminaient sur la rive.

Julien, Kim et Léo suivaient des yeux le grand homme à la cicatrice qui marchait sur le sentier poussiéreux en récitant à voix basse des prières.

Il était âgé et sa peau ressemblait à du cuir, mais sa démarche était souple comme celle d'un jeune guerrier. Concentré, il dirigeait son regard droit devant lui. On sentait qu'il avait une forte personnalité. Personne ne lui adressait la parole, et lui-même ne cherchait pas le contact avec les autres. Il était seul au milieu de la foule.

Les Thébains faisaient des haltes pour déposer des offrandes aux pieds des autels installés le long de l'itinéraire de la procession. Les bateliers jetèrent l'ancre à hauteur du temple, et les dieux furent transportés sur la berge, au rythme des percussions, tandis que la population en profitait pour leur jeter un dernier regard. Ensuite, les prêtres portèrent les statues d'Amon, de Montou et de Mout à l'intérieur de l'édifice, où elles seraient enfermées pendant vingt-sept jours. Seule la barque d'Hatshepsout était restée hors des murs.

– Flûte ! Le prêtre a disparu à l'intérieur ! pesta Kim.

– Attends, il va peut-être ressortir, lança Léo.

Au même instant, le tambour résonna de nouveau. La pharaonne se leva au milieu d'un silence tendu. Elle promena un regard distant sur l'assistance, qui retenait son souffle. Une ébauche de sourire se dessina alors sur ses lèvres, et elle prononça quelques mots, invitant ses sujets à célébrer en sa compagnie la gloire d'Amon. À peine la souveraine eut-elle fini de parler et fait un signe aux musiciens qu'une immense allégresse éclata. Des mélodies joyeuses s'élevèrent, et les habitants de Thèbes commencèrent à se divertir. Selon la tradition, la fête allait durer une grande partie de la nuit. La bière et le vin coulaient à flots au milieu des rires et des danses.

Seul un fin observateur aurait pu remarquer la tension qui durcissait les visages des gardes du corps d'Hatshepsout. Ils veillaient à ce qu'aucune personne non autorisée ne s'approche de la pharaonne. Des domestiques avaient monté une estrade sur laquelle était installé le trône en or protégé par un auvent. La souveraine y accueillait l'hommage de son peuple. Des soldats accroupis sur les toits des maisons voisines scrutaient la foule, arcs et flèches à la main.

Julien, Kim et Léo se tenaient, eux aussi, sur leurs gardes. Ils s'étaient acheté dans une échoppe du pain au miel et du lait qu'ils dégustaient, assis dos au mur, tout en observant l'entrée du temple. Le prêtre allait-il réapparaître ? Une heure s'écoula sans que rien ne se passe. Peu à peu, la nuit tomba.

Julien, fasciné, ne pouvait détacher ses yeux de l'imposant pylône. Il se sentait tout petit et bien insignifiant devant cette culture égyptienne qui allait traverser les millénaires. Comment trois enfants pourraient-ils éviter qu'Hatshepsout ne tombe dans un piège fatal ? Julien soupira : il serait peut-être raisonnable de prendre le chemin du retour et d'arrêter de jouer avec le destin… Peut-être fallait-il aussi qu'ils cessent de…

Soudain, il sursauta : quelque chose venait de se glisser entre ses jambes !

– Kija ! s'écria-t-il, enchanté, lorsque la chatte bondit sur ses genoux. D'où viens-tu ?

Kija miaulait de plaisir sous les caresses de

Julien, Kim et Léo. Tout à coup, son corps se durcit : elle sauta à terre et fit le gros dos, menaçante. Ses yeux étaient rivés sur le pylône ; sa queue battait nerveusement l'air. Julien fut le premier à comprendre ce que Kija avait vu.

– Le prêtre ! Là, sous le pilier ! dit-il en retenant son souffle.

– Comment peut-elle savoir que ce… ?

Kim ne termina pas sa phrase. Il était clair que sa question resterait sans réponse ; et, de toute façon, l'heure n'était pas à la réflexion : le prêtre risquait à tout moment de disparaître de leur champ de vision. Il venait déjà de se faufiler derrière l'estrade. Les trois amis échangèrent un clin d'œil et, avec un petit hochement de tête, se glissèrent sur ses talons. Personne dans la foule exubérante ne remarqua qu'ils étaient accompagnés de la chatte sacrée.

L'homme se hâta vers le port du Nil, où régnait également une atmosphère de fête. Sans prêter attention aux réjouissances, il embarqua sur un bac, déjà rempli de passagers. Le capitaine donna l'ordre de lever l'ancre, et deux individus très musclés entreprirent de dénouer les cordages qui retenaient le bateau à quai. Le trio, accompagné de Kija, n'eut que le temps de sauter à bord. La chatte se cramponnait craintivement à Julien et, paniquée, plantait les griffes dans son bras. Julien essaya de la rassurer.

– Je crains que tu ne deviennes jamais un bon marin, lui souffla-t-il à l'oreille. Ne t'en fais pas : moi non plus !

Elle lui répondit par un petit miaulement apeuré.

Peu de temps après, le bac accosta dans la cité des morts. Le prêtre se mêla à la cohue qui débarquait et prit le chemin de la Vallée des rois. Une montagne, que les habitants de Thèbes désignaient avec respect comme « le sommet », la surplombait.

Les enfants avaient le plus grand mal à le suivre. Ils se faufilaient rapidement de recoin en cachette. Ils couraient sans cesse le risque de le perdre de vue ; par ailleurs, à tout moment l'homme pouvait se retourner et s'apercevoir de

leur présence. La route montait ; bientôt les dernières maisons furent derrière eux et les premières tombes surgirent. Situées assez loin de la Vallée des rois, elles appartenaient à de riches marchands et à des hauts fonctionnaires, qui les faisaient ériger de leur vivant sur les flancs rocheux.

Les trois amis durent laisser une plus grande avance au prêtre pour ne pas être découverts. Après un croisement avec une allée d'acacias, le chemin fit brusquement un coude ; derrière il n'y avait plus rien, à part le rocher escarpé ! L'individu avait été comme avalé par le sol ! Kim, Julien et Léo se regardèrent, désemparés. Soudain, Kim repéra dans la pierre une ouverture de la taille d'un homme.

– C'est sûrement l'entrée d'une tombe ! fit-elle. Je parie qu'il est passé par là.

– On dirait qu'elle est encore en chantier. Elle est ouverte, et il n'y a pas de gardes, constata Léo. Normal : aujourd'hui, tout le monde assiste à la fête !

– Qu'est-ce que ce prêtre peut bien faire là-dedans ? se demanda Julien.

Kim esquissa un petit sourire :

– Et si on allait chercher la réponse nous-mêmes ?

Craignant le pire, Julien s'écria :

– Tu ne veux tout de même pas pénétrer dans une tombe ?

– Bien sûr que si ! rétorqua Kim avec vigueur.

Sur ces mots, elle se mit en route.

– Moi, je n'y vais pas, déclara Julien à voix basse.

Mais, lorsqu'il vit Léo et Kija suivre la jeune fille, il changea d'avis. Il ne voulait pas rester tout seul à l'extérieur.

Le souterrain était sombre et froid. Il leur fallut un petit moment pour s'habituer aux ténèbres. Près de l'entrée, un artiste avait commencé à peindre sur le mur une représentation d'Anubis. Le dieu à tête de chien veillait sur l'accès au royaume des morts. Derrière, un passage descendait en pente douce. Après avoir parcouru quelques mètres, les enfants ne virent plus rien du tout. Un petit animal aux pattes lestes se glissa sous les pieds nus de

Julien. Il faillit hurler. Qu'est-ce que c'était ? Un rat ? Un scorpion ? Il préférait ne pas le savoir.

– Stop ! lança-t-il. C'est ridicule, nous sommes dans le noir complet !

– Arrête de raconter des bêtises..., chuchota Kim, tout excitée, en continuant d'avancer.

À cet instant, Julien aperçut une faible lumière qui dansait à quelques pas d'eux.

« Peut-être est-ce le prêtre avec une lampe à huile, se dit-il. Et pourquoi pas un meurtrier avec une lampe à huile ? » À cette pensée, son estomac se noua ; il rassembla son courage et rattrapa ses amis. Plus ils s'enfonçaient dans la montagne, plus le froid se faisait sentir, tandis qu'une odeur de moisi se répandait dans l'air. Julien frissonna. Il fouilla de ses mains l'espace autour de ses pieds pour essayer de trouver Kija ; en vain.

Au bout de cinquante mètres, Kim réprima un cri : dans l'obscurité, ils venaient de se cogner contre la paroi. Le chemin s'arrêtait là.

– Il n'y a plus rien par ici. Faisons demi-tour, les exhorta Julien. Dehors, il fait sûrement nuit. Il faut regagner le palais.

– Ah non, protesta Kim. Je ne vais pas abandonner maintenant !

– Moi non plus, intervint Léo. Ce prêtre est fatalement quelque part.

– On dirait que ça continue de ce côté, annonça Kim, qui avançait à tâtons le long de la muraille.

Julien secoua la tête. La lueur de la lampe à huile avait disparu, et ils étaient plongés dans le noir.

Une pensée lui traversa l'esprit : et si cette tombe était la leur ? La panique commençait à l'envahir ; une fois de plus, il n'en laissa rien transparaître. Il se mit à palper lui aussi le rocher. Le mur s'arrêta brutalement ; Julien en déduisit qu'ils avaient atteint l'une des chambres. Il avait lu, dans des ouvrages consacrés à l'Égypte, qu'il y avait, au cœur de toutes les grandes sépultures, une chambre dédiée aux offrandes et un caveau funèbre. Il arrivait souvent que les architectes prévoient aussi de fausses pièces funéraires pour tromper les pilleurs. De nombreuses tombes étaient construites comme un labyrinthe empêchant toute évasion.

– Pss ! fit Léo. Vous entendez ?

Julien et Kim tendirent l'oreille et perçurent à leur tour un léger murmure. Le prêtre n'était plus très loin, et il n'était pas seul !

Les enfants quittèrent pas à pas, avec grande prudence, l'endroit où ils se trouvaient pour aboutir dans une autre cavité, d'où ils pouvaient apercevoir un halo de lumière. Le cœur de Julien battait à tout rompre. Le trio se dirigea vers une autre chambre ; à l'intérieur, des voix résonnaient plus fort. Ils se cachèrent derrière une saillie rocheuse, près de l'entrée, et écoutèrent. Julien poussa un soupir de soulagement en sentant la chaleur apaisante du poil doux de Kija contre sa jambe.

– Avez-vous vu avec quelle prétention Hatshepsout a voulu être au centre de la fête ? s'écria une voix masculine en colère. Elle s'est placée au même rang qu'Amon, comme si elle était l'égale des dieux ! Alors qu'elle n'est qu'une femme ! C'est scandaleux !

Un murmure d'approbation s'éleva.

– Elle écarte le pharaon légitime du trône ! Quel crime ! tempêta l'homme.

Les enfants jetèrent prudemment un coup d'œil sur le groupe depuis leur poste d'observation. Le prêtre à la main balafrée, entouré d'une dizaine de personnes, se tenait dans le tombeau orné de précieuses peintures et illuminé par plusieurs petites lampes à huile. L'assistance applaudit.

– Hatshepsout doit partir ! cria quelqu'un.

L'individu d'une corpulence étonnante qui venait de prendre la parole tournait le dos aux jeunes gens. Julien, Kim et Léo écarquillèrent les yeux : ils connaissaient cette voix !

– Notre devoir sacré est d'éloigner cette femme d'un trône qui est réservé aux hommes, continua le prêtre. Par Amon Rê, il doit nous revenir !

– Tu parles avec sagesse, Nebamon, s'exclama le gros homme.

Il n'en fallait pas plus pour dissiper les derniers doutes des enfants : Rechmire, le bon gros cuisinier du palais, faisait partie des traîtres ! Mais il manquait encore celui qu'ils s'étaient attendus à trouver parmi eux : le domestique d'Inebny.

Nebamon serra les poings et s'écria d'un ton haineux :

– Thoutmôsis III doit retrouver le trône dont il est l'héritier légitime, et Hatshepsout doit mourir !

– Imaginez un peu : si le petit Thoutmôsis devenait roi du Nil, il serait comme de la cire entre nos doigts ! s'enflamma un autre conjuré. Nous aurions une influence bien plus grande, et ce serait une bonne chose pour notre royaume… et pour notre bourse !

Son rire résonna dans la tombe. Rechmire s'esclaffa :

– Oh oui ! Nous n'aurions plus besoin de nous retrouver dans la tombe de Nebamon et pourrions fomenter nos plans au palais.

– Tu resteras toujours en cuisine, Rechmire ! souligna Nebamon avec condescendance. Moi, bien sûr, j'ambitionne de devenir le premier des grands prêtres d'Amon… Toi, tu seras le cuisinier le plus riche du royaume… À condition que tu réussisses enfin à supprimer cette mégère avec tes petits plats !

Rechmire s'inclina :

– Sois assuré que je resterai à ma place, noble Nebamon. C'est vrai que, jusque-là, nous avons joué de malchance… La première fois, le goûteur s'est interposé, et la deuxième tentative d'empoisonnement a avorté à cause de cette maudite chatte !

– Tu as échoué ! répliqua Nebamon. Tout comme l'archer maladroit que j'avais grassement rémunéré d'une précieuse amulette. Pourtant, demain, Hatshepsout va mourir, vous pouvez me faire confiance. Elle a prévu une promenade dans sa barque royale et ne survivra pas à cette excursion. Soit elle succombera aux talents culinaires de Rechmire, soit c'est un poignard qui la tuera. Il y aura de nombreux tueurs à gages parmi les rameurs. Hatshepsout est condamnée ! Le pouvoir est à nous !

– À nous ou à toi ? demanda Rechmire au beau milieu de l'allégresse générale.

Nebamon fusilla le cuisinier du regard et lui tapota la poitrine du bout du doigt :

– Encore une question comme celle-ci, Rechmire, et les chacals pourront se régaler d'un joli petit supplément de viande, si tu vois ce que ce je veux dire…Tant que je te paie, tu dois obéir et te taire !

Les enfants en avaient assez entendu. Ils échangèrent un signe de tête et décidèrent de prendre discrètement le chemin du retour pour aller prévenir la pharaonne. Soudain, alors que Léo se redressait, on entendit ses genoux craquer. Les trois amis se baissèrent à nouveau et retinrent leur souffle.

– Qu'est-ce que c'est ? lâcha Nebamon en balayant la caverne des yeux.

Kim, Léo et Julien se jetèrent un regard inquiet qui reflétait leur crainte d'être découverts.

– Ça venait de ce coin-là, fit une autre voix.

– J'y vais ! lança Nebamon.

Les trois amis se firent aussi petits que possible. Julien ferma les yeux : le claquement des sandales du prêtre sur le sol en pierre se rapprochait… Soudain, un visage surgit au-dessus d'eux : Nebamon venait de les surprendre derrière leur rocher !

– Voyons voir, qui se cache par ici ? demanda-t-il, une vilaine grimace sur les lèvres.

Rapides comme l'éclair, les enfants bondirent sur leurs pieds pour s'enfuir. Mais l'homme empoigna Kim, tandis que, de son autre main, il sortait un couteau et le collait contre le cou de la jeune fille. La lame était horriblement acérée. Kim s'immobilisa ; cependant le poignard égratigna sa peau, et du sang chaud coula de la blessure.

– Ne bougez plus ! meugla le prêtre aux deux garçons. Sinon, je la tue !

## 13. Le combat

Constatant que leur amie était en danger, Julien et Léo firent volte-face. Ils revinrent sur leurs pas. Kija, elle aussi, s'arrêta.

– Sauve-toi ! lui cria Julien.

Mais elle resta près d'eux.

– Comme c'est courageux ! ironisa le prêtre en s'adressant aux enfants et à la chatte qui se tenaient devant lui.

Il examina l'animal de plus près et poussa un cri de surprise :

– Ma parole… Je ne me trompe pas ! C'est bien cette satanée Kija ! En voilà une belle prise !

Il fit un signe à ses complices :

– Ligotez-moi ces mômes !

– Avec quoi ? rétorqua une voix.

– Cherchez autour de vous ! cria Nebamon avec colère. Les artisans ont sûrement laissé quelque chose que vous pourrez utiliser.

Rechmire finit par trouver une corde et entreprit d'attacher les enfants. Léo croisa les mains sur le ventre dans un geste de prière et les écarta légèrement pendant que le cuisinier le ficelait. Quand Rechmire passa à Kim, le garçon tenta de vérifier le bon fonctionnement de sa ruse. Sa respiration s'accéléra lorsqu'il s'aperçut qu'en relâchant ses doigts il avait réussi à desserrer les liens.

– Comment avez-vous osé nous espionner ? siffla Rechmire.

– Et toi, gros bourricot du Nil, comment as-tu osé t'attaquer à la pharaonne ? lui assena Kim, qui n'avait pas perdu son sens de la repartie.

– Tais-toi, insolente ! cracha le cuisinier, en colère.

– J'ai l'impression que vous vous connaissez, intervint Nebamon, qui avait observé l'échange avec intérêt.

– Oui, reconnut Rechmire, ils travaillent tous les trois pour moi en cuisine.

– Vraiment ? reprit le prêtre. Alors, c'est peut-être toi qui les as mis sur notre piste !

Le cuisinier recula jusqu'au mur de la tombe.

– Non, non…, bafouilla-t-il, certainement pas !

Le prêtre s'approcha de lui, le poignard à la main.

– En es-tu bien sûr, misérable ? Qui me dit que tu n'as pas été imprudent et que tout le personnel du palais n'est pas, à l'heure actuelle, en route pour cette tombe ? Par Osiris, tu me le paieras !

– Je…, bredouilla Rechmire en écarquillant les yeux, je te le jure !

– Ta parole ne vaut rien ! C'est la peur qui te fait parler !

Les mots de Nebamon claquaient dans le tombeau comme des coups de fouet :

– Tu crains pour ta pauvre petite vie, alors que tu devrais te réjouir d'être sacrifié sur l'autel d'Amon. Espèce de bon à rien, tu as mis en danger tous nos projets. Mais je m'occuperai de toi tout à l'heure !

Il se tourna vers les enfants :

– Maintenant, à vous : qu'est-ce que vous fichez ici ? Et, surtout, qui vous envoie ?

– Personne ! répondit Julien d'un ton ferme. On n'a eu besoin de personne pour nous montrer le chemin. On s'est débrouillés tout seuls pour percer tes manœuvres ! C'est la cicatrice sur ta main qui nous a conduits jusqu'ici.

On entendit distinctement Rechmire soupirer de soulagement au fond de la pièce.

– La cicatrice ? lâcha Nebamon, irrité.

Il se caressa le menton, perdu dans ses pensées. Finalement, il déclara en détachant les mots :

– Ça n'a plus d'importance, de toute façon. Nous ne pouvons pas nous permettre de vous laisser en vie. Comment va-t-on faire pour se débarrasser de vous. Quelqu'un a-t-il une idée à proposer ?

– Oui ! s'écria Rechmire, servile et empressé. Nous pourrions les jeter aux crocodiles ! Ça ne laisserait pas de traces : ces animaux sont toujours affamés.

– Voilà un point commun entre toi et eux !

lança Nebamon d'une voix métallique. Cela dit, ta suggestion n'est pas si mauvaise…

Le soleil était couché lorsque les enfants et la chatte, escortés par le groupe de traîtres, sortirent de la tombe. Le cortège s'engagea sur une piste en terre battue menant à la nécropole.

Julien se reprochait amèrement d'avoir entraîné ses amis dans cette aventure et de les avoir exposés à un si grand danger. Pourquoi n'avait-il pas gardé le secret de grand-père Reginald pour lui ? Il aurait suffi d'éviter la pièce interdite ! Pourtant il en avait ouvert la porte à ses amis, et maintenant il n'y avait plus de retour possible. Kim, Léo, Kija et lui-même étaient condamnés à mort, et c'était lui le responsable de ce désastre.

– Je regrette de vous avoir fait courir un tel risque, souffla-t-il tristement.

– Tu n'as pas à t'excuser, le rassura Kim, c'est nous qui avons voulu entreprendre ce voyage dans le temps.

– Elle a raison, approuva Léo, avant d'ajouter, en essayant de paraître confiant : On a peut-être encore une chance !

Il ne cessait de remuer ses mains entravées. Ses poignets étaient à vif, mais il lui semblait que, millimètre après millimètre, les liens se relâchaient. Peut-être finirait-il par réussir à s'en défaire ?

– Vous allez vous taire, à la fin ! pesta Nebamon.

Tête baissée, Julien, Kim et Léo continuèrent à boitiller, en silence, sur le chemin caillouteux. Quelques minutes plus tard, un large ruban argenté apparut au clair de lune : ils avaient rejoint le Nil. Deux grandes barques, dissimulées dans les roseaux, attendaient sur la rive du fleuve. Nebamon, Rechmire et les enfants prirent place dans la première ; les autres conjurés s'installèrent dans la seconde. Le gros cuisinier, accroupi à l'avant, entreprit d'éloigner le bateau du bord. Léo était assis au milieu, Kim derrière lui ; venaient ensuite Julien et Kija et, tout au bout, Nebamon, qui aidait Rechmire à pousser l'embarcation. Les deux hommes, très concentrés, la dirigeaient vers le large.

Léo n'arrêtait pas de faire bouger ses mains pour distendre la corde qui les retenait. Le buste courbé en avant, il agissait le plus discrètement possible, de peur de se faire surprendre. Dès que le bateau atteignit le milieu du fleuve, de grandes ombres émergèrent de l'eau : les premiers crocodiles faisaient une reconnaissance. Léo se mit à transpirer : il fallait qu'il arrive à se libérer de ses liens, le temps était compté ! Acharné, il continua à remuer les doigts, ignorant la douleur qui progressait le long de son bras comme un poison paralysant.

– Stop ! cria soudain Nebamon. Cet endroit est parfait pour faire nos adieux à nos invités. Sautez !

Léo ferma les yeux et propulsa avec énergie son bras droit vers l'arrière. Il était libre !

Voyant que les trois enfants ne bougeaient pas, le prêtre, irrité, ordonna :

– Allez, Rechmire, balance-moi tout ce petit monde dans la flotte !

Le mastodonte se leva avec peine, mais Léo réagit plus vite que l'éclair : il bondit à l'avant, arracha la rame des mains du cuisinier ébahi et s'en servit pour le pousser par-dessus bord. Rechmire tomba dans le Nil avec un grand plouf. Léo se retourna, brandit la pagaie comme si c'était une lance et chargea le prêtre.

– Pas si vite ! gronda Nebamon.

Il dégaina son poignard. La barque se mit à tanguer et à dériver, entraînée par le courant. Le prêtre leva son arme, prêt à la lancer sur Léo ; au même instant, un cri de douleur jaillit de ses lèvres : la chatte venait de planter les dents dans son bras. Le couteau vola dans les airs. Kija lui sauta alors au visage, lui labourant les joues de ses griffes acérées. Il tituba et bascula à l'eau à son tour. D'un bond, la chatte courut se réfugier au fond du bateau.

– À l'aide ! Sortez-moi de là ! hurla Nebamon à ses complices, qui se mirent aussitôt à pagayer dans sa direction.

Tandis qu'ils se portaient au secours des deux naufragés, Léo saisit le poignard et trancha les cordes qui entravaient Kim et Julien.

Ce dernier félicita son ami :

– Bravo, mon pote ! Il était moins une !

– Ne te réjouis pas trop vite, cria Léo. Ils ne vont pas abandonner si vite !

Il plongea de toutes ses forces la rame dans l'eau, se félicitant que ses mains soient devenues insensibles à la douleur.

Léo avait raison. L'équipage du deuxième bateau avait réussi à hisser Nebamon et Rechmire à bord avant que les crocodiles affamés n'aient eu le temps d'entamer leur repas. Les conjurés s'étaient à présent lancés à la poursuite des enfants. Leur embarcation se rapprochait dangereusement.

Le trio atteignit la rive avec une toute petite avance. Leur barque fendit les roseaux. Ils sautèrent sur le bord, grimpèrent le talus en pente douce et filèrent vers le palais, Kija à leurs côtés. Derrière eux, ils entendaient les voix de leurs poursuivants.

– On y est presque, on y est presque ! les encouragea Kim. On va réuss… Aïe !

Elle s'effondra : elle venait de se fouler le pied. Une douleur terrible lui tenaillait la jambe. En serrant les dents, elle essaya de se relever et de continuer à avancer en boitant ; c'était impossible.

– Courez ! ordonna-t-elle à Léo et Julien. Moi, je vais me cacher quelque part par là !

– Jamais de la vie ! protesta Léo, qui s'efforçait de la soutenir.

– Pas question d'avancer comme ça, lâcha Kim, les yeux pleins de larmes. On ne va pas assez vite. Vous devez sauver votre peau, allez-y, courez !

– Non ! crièrent Léo et Julien d'une seule voix. On ne te laisse pas toute seule !

Kim se retourna : les hommes se rapprochaient à chaque seconde. Bientôt, ils rattraperaient les enfants.

– Il faut que l'un d'entre nous aille chercher de l'aide ! implora-t-elle.

Les garçons échangèrent un bref regard. Sur un signe de tête de Léo, Julien détala, tandis que Kim, Léo et Kija avançaient aussi rapidement qu'ils pouvaient à quatre pattes au milieu d'un fourré bordant le chemin. Les épines arrachaient leurs vêtements. Les voix des conjurés étaient de plus en plus proches. Ils se serrèrent l'un contre l'autre.

– Où sont-ils passés ? pestait Nebamon. Je les voyais il y a à peine quelques instants !

– Aucune idée, répondit Rechmire. Ils ne peuvent pas être bien loin, ils se sont sûrement cachés dans le coin.

– Eh bien, faites-moi le plaisir de les trouver ! Surtout toi, cuisinier de malheur, qui nous vaux tous ces ennuis ! Tu peux prier Amon pour qu'il t'aide à mettre la main sur ces maudits enfants ! Et vite !

## 14. Trahi par un poignard

Julien courut jusqu'à ce que la douleur de ses poumons en feu l'oblige à ralentir. Devant lui étaient apparues les lumières des premières maisons de Thèbes. Des éclats de voix tonitruants et de la musique entraînante témoignaient que la fête d'Opet battait son plein. La ville tout entière s'était transformée en un vaste champ de foire. Rongé par la peur, le jeune garçon jeta un coup d'œil derrière son épaule et constata que ses poursuivants semblaient s'être évaporés. Soulagé, il se dirigea vers la maison en torchis d'un fabricant de miroirs, devant laquelle festoyait un groupe de joyeux convives, braillant une chanson à la lueur d'une torche.

– Nous… nous avons besoin d'aide, hoqueta Julien en s'approchant.

– Nous… nous aussi ! bégaya le fabricant de miroirs. Nous avons besoin que quelqu'un nous apporte du vin ! La cruche va bientôt être vide !

Il éclata d'un rire gras tandis qu'une jeune femme se blottissait contre lui en pouffant niaisement. Les autres invités, parmi lesquels se trouvaient deux soldats, étaient hilares.

– S'il vous plaît, c'est une question de vie ou de mort ! implora Julien. Mes amis sont en grand danger.

– Calme-toi, mon petit ! lui conseilla l'artisan en saisissant la cruche en argile pour se verser du vin. Aujourd'hui, nous célébrons la fête d'Opet. Personne ne craint rien et tout le monde est joyeux ! Pas vrai ?

– Oh oui ! approuvèrent les autres.

Julien se tourna vers l'un des deux soldats :

– Il faut que vous m'aidiez, là-bas se trouvent des…

Il s'arrêta au milieu de sa phrase. Le soldat le fixait en écarquillant ses yeux vitreux. Il ne pouvait espérer aucun secours de cet alcoolique. Le jeune garçon regarda furtivement son collègue, dans l'espoir qu'il serait plus frais. Grossière erreur ! L'homme, appuyé sur sa lance, oscillait de façon inquiétante. Il n'y avait rien à attendre de ces deux individus ! À moins que… Une idée venait de lui traverser l'esprit. Il se baissa et ramassa une pierre.

– Hé, vous, les ivrognes ! rugit-il. Vous sentez mauvais, bande de poivrots stupides, et vos gros pifs rouges sont ridicules !

La bouche de l'artisan s'ouvrit toute grande :

– Comment tu nous as appelés ?

– Saletés d'ivrognes ! répéta Julien avec force.

Il recula d'un pas, souleva la pierre et la jeta contre la cruche, qui éclata en mille morceaux. Le vin se répandit dans la poussière.

– Attends voir ! gronda l'homme en se précipitant vers lui.

Julien fit volte-face et se mit à courir en direction de ses camarades. Tous les convives se lancèrent à sa poursuite, à une vitesse dont ils ne se seraient jamais crus capables, vu leur état. Après un sprint énergique, Julien atteignit l'endroit où il avait quitté ses amis. Kim et Léo avaient disparu ! La panique le submergea. Avaient-ils été rattrapés par les conjurés ? Il essayait de retrouver son souffle quand, tout à coup, un individu lui sauta dessus et le plaqua au sol.

– J'en ai un ! cria Nebamon.

Ses complices émergèrent de la pénombre, et Julien se trouva entouré de regards haineux. Il voulut crier, mais la peur lui noua la gorge.

– Finissons-en, décida le prêtre en sortant son poignard.

– Halte-là !

La fermeté de l'ordre figea le geste de Nebamon. Ses hommes s'écartèrent, et l'un des deux soldats s'approcha. À sa grande surprise, Julien constata que le militaire semblait dégrisé.

– Que se passe-t-il ici ? s'enquit-il, alors que le reste de la troupe arrivait.

– Rien du tout ! répondit brièvement Nebamon, qui tentait de dissimuler son arme.

– Un prêtre armé d'un couteau ? dit le

soldat, soupçonneux. Un homme de foi prêt à poignarder un enfant ? Ce petit mérite sans aucun doute une bonne raclée pour son insolence, mais pas la mort, tout de même ! Prêtre, tu es en état d'arrestation !

– Qu'est-ce qu'il te prend ? pesta Nebamon. Tu ne sais donc pas qui je suis ?

Le soldat dirigea sa lance contre la poitrine.

– Peu m'importe ton rang ! Vous êtes mes prisonniers, toi et tes compères, le temps qu'on termine les vérifications qui s'imposent !

Nebamon croisa les bras et reprit, avec un rictus de mépris :

– Le vin t'est monté à la tête, mon brave. L'odeur que tu dégages indique que tu as bu pendant ton service. Laisse-nous partir, et je ne révélerai rien de cet incident.

À son grand désespoir, Julien s'aperçut que le soldat hésitait. Son collègue semblait lui aussi se demander s'il ne valait pas mieux laisser tomber toute cette affaire.

– Ne l'écoutez pas, il essaie de vous bluffer ! cria le garçon. Ce sont des traîtres. Ils veulent tuer Hatshepsout, votre pharaonne !

Ce sont eux qui ont commandité la tentative de meurtre de l'autre jour !

Les soldats le fixaient, incrédules. Soudain, deux enfants et un chat firent leur apparition. Le cœur de Julien sauta dans sa poitrine : Léo, Kim et Kija étaient vivants !

– Il dit la vérité ! assura Kim aux soldats.

– Mais… qui êtes-vous ? s'étonnèrent-ils.

– Ce sont mes amis, dit Julien, et voici Kija, la chatte sacrée d'Hatshepsout !

Les militaires se penchèrent sur l'animal :

– Il a raison ! Par Amon, c'est bien Kija !

Ils parlaient d'un ton rempli de crainte respectueuse.

– Nous devons tout de suite ramener Kija à la souveraine. Quant à vous tous, vous nous accompagnez ! Votre sort sera décidé au palais !

## 15. Un dernier salut

Le lendemain matin, alors que le jour venait de se lever, Ani ouvrit à la volée la porte de la petite chambre et fit irruption à l'intérieur.

– Hé ! On ne parle que de vous dans tout le palais ! cria-t-il, plein d'admiration.

Encore tout ensommeillés, Julien, Kim et Léo fixèrent leur ami égyptien en clignant les yeux.

– Vous avez perdu votre langue, ma parole ! s'exclama Ani en riant. Allez, debout ! Ce n'est pas parce que ce misérable traître de Rechmire est en train de croupir en prison qu'il n'y a plus rien à faire en cuisine !

– Tout doux, tout doux ! protesta Julien pour

essayer de le freiner un peu. La nuit a été courte, et...

– Racontez-moi tout ! l'interrompit Ani. Attendez, je vais vous apporter une cruche d'eau fraîche, ça vous réveillera.

Sur ces mots, il disparut ; revenant au bout de deux minutes à peine, il les pressa :

– Maintenant, expliquez-moi : que s'est-il passé ?

Les enfants lui relatèrent leurs péripéties, depuis l'auberge « Au crocodile », point de rendez-vous secret des conjurés, en passant par la tombe, la bagarre sur le Nil, et enfin les soldats ivres qui leur avaient sauvé la vie.

Les trois amis et les traîtres avaient été présentés à Hatshepsout tard dans la nuit. Nebamon et ses hommes avaient nié être à l'origine de toutes les intrigues et tentatives de meurtre qui leur étaient reprochées. La pharaonne avait alors fait amener l'orfèvre que Kim avait retrouvé dans la nécropole. Il avait reconnu l'homme pour lequel il avait fabriqué l'amulette sertie d'or et de pierres précieuses : il s'agissait bien de Nebamon.

Comprenant qu'il ne servait à rien de persister dans ses mensonges, le prêtre avait alors avoué avoir payé avec l'amulette l'archer qui avait lancé une flèche sur Hatshepsout dans les jardins du palais. Rechmire avait confessé à son tour que Nebamon lui avait promis un grand terrain et de l'or s'il empoisonnait les plats destinés à la pharaonne.

Celle-ci était restée immobile pendant ces aveux. Enfin, elle avait pris la parole :

– Amon m'aime et me protège. Tel n'est pas votre cas.

Elle avait alors gratifié Julien, Kim et Léo d'un regard reconnaissant.

– Il m'a envoyé Kija et ces trois enfants si perspicaces qui sont, à partir de maintenant, sous ma protection.

Elle claqua des doigts, et on alla chercher le trésorier :

– Donne-leur de l'or, une poignée pour chacun !

Le récit du trio s'arrêta là.

Ani les regardait, fasciné :

– Vous êtes riches, à présent. Quel destin incroyable ! Hier, vous n'étiez que des orphelins, et vous voilà protégés par la pharaonne ! En revanche, Nebamon, Rechmire et les autres vont faire connaissance avec la colère des dieux. Ils seront jugés aujourd'hui, sous la présidence du sévère vizir. Dites-moi encore une chose : quel rôle a joué Inebny dans cette affaire ?

– Il n'avait aucun rapport avec les attentats, expliqua Julien. Son domestique avait acheté à Nebamon une prétendue potion magique, qui devait faire changer d'avis Hatshepsout et l'inciter à donner son cœur à Inebny.

– Un philtre d'amour, en quelque sorte ! gloussa Kim. Seulement le prêtre a reconnu que c'était une supercherie…

– Parfait ! se réjouit Ani. Maintenant, il faut qu'on se dépêche d'aller en cuisine. Quand je pense à tout ce que je dois raconter aux autres… Je crois que, désormais, Ani va être un aide-cuisinier très très sollicité !

Aux alentours de midi, Julien, Kim et Léo

furent envoyés au marché pour acheter des légumes. Kim pouvait à nouveau marcher normalement, la douleur de sa cheville ayant disparu. Le vent brûlant du désert, désigné comme « le souffle de feu de la déesse Sekhmet », tourbillonnait dans Thèbes. Les trois amis longèrent le Nil, admirant les scènes de la vie quotidienne. Un paysan puisait de l'eau d'un canal avec un chadouf ; un marchand exhortait ses deux ânes, chargés de lourds paniers, à avancer plus vite ; des femmes, agenouillées sur la rive du fleuve, lavaient du linge…

– Vous pensez la même chose que moi ? demanda Julien.

– Oui, dit Kim, notre voyage touche à sa fin.

Elle soupira :

– On sait à présent qui se cachait derrière les tentatives de meurtre dont on parle dans les livres d'histoire. Mais Kija va beaucoup me manquer.

– Oh oui, et Ani aussi ! enchaîna Léo. C'est un véritable ami. On devrait lui faire un cadeau d'adieu.

– J'y ai pensé, reprit Julien. Si on lui donnait

l'or d'Hatshepsout ? Il saurait sans aucun doute en faire bon usage.

– Il n'acceptera jamais ! objecta Léo.

– Alors, il ne faut pas lui laisser le choix, déclara Kim. Venez, les garçons, allons cacher l'or sous sa paillasse !

– Il faut qu'on lui écrive une lettre. Mais pour ça on a besoin d'un scribe.

Ils ne mirent pas beaucoup de temps à en trouver un sur la place du marché.

– Accepteriez-vous de rédiger un message pour nous ? lui demanda Julien.

– Bien entendu ! Par Thôt, je suis là pour ça !

L'homme, assis en tailleur, étendit le papyrus bien à plat sur son pupitre et prit son calame, un roseau taillé.

– Quel est votre texte ?

Julien lui dicta :

– Cher Ani, tu as été pour nous un excellent ami. Mais nous devons à présent rejoindre le monde auquel nous appartenons. Nous regrettons de ne pouvoir t'en dire plus. Qui sait, peut-être nous reverrons-nous un jour ? Il y a un cadeau pour toi sous ta natte. Et, surtout, n'oublie pas de faire bien attention à Kija !

Le scribe posa le roseau :

– Est-ce tout ?

Julien le paya et roula le papyrus. Puis ils retournèrent dans le quartier des domestiques et cachèrent la bourse contenant les pièces sous la paillasse d'Ani. En sortant de sa chambre, ils confièrent la lettre à une petite fille ; elle promit de la remettre à son destinataire.

– J'espère qu'Ani sait lire, fit Kim, pensive, tandis qu'ils reprenaient le chemin du centre-ville.

– Il est probable que non, mais quelqu'un la lui déchiffrera, conclut Julien.

Les trois amis se mirent à courir vers le port. Ils passèrent encore une fois devant le temple majestueux.

– Quelle merveille ! souffla Julien, envahi par l'émotion.

Il s'arrêta.

– Dépêche-toi, il faut qu'on y aille ! le pressa Kim. Dès que notre disparition sera remarquée en cuisine, on partira à notre recherche.

Le jeune garçon s'éloigna à regret. Peu après, ils atteignirent le port. Après avoir cherché un moment, ils retrouvèrent le grand palmier dattier près du puits et de la maison en ruine qui les avait vus atterrir le premier jour. Il n'y avait personne dans les parages. Les paysans qui habitaient les maisons voisines s'étaient probablement abrités des rayons brûlants du soleil.

Tout à coup on entendit un miaulement. Les enfants se retournèrent et aperçurent Kija qui se dirigeait vers eux !

– Hé, qu'est-ce que tu fais là ? s'exclama Léo, tout joyeux.

Ils s'agenouillèrent, et Kija ronronna de plaisir sous leurs caresses.

– Tu vas trop me manquer ! répéta Kim une fois encore.

Elle prit la chatte dans ses bras et la serra fort ; puis elle leva les yeux vers le beau ciel bleu pour que les garçons ne remarquent pas ses larmes. Elle perçut alors les reniflements étouffés de Léo et Julien.

Après de longs adieux, Léo finit par se redresser.

– On doit y aller, dit-il d'un ton ferme. Venez !

À regret, Kim se sépara de la chatte et rejoignit ses amis près de l'arbre. Léo ouvrait la marche. On avait l'impression qu'il allait percuter le palmier quand, soudain, il disparut, suivi par Julien. Kija observait la scène en inclinant la tête sur le côté. Tout cela ne lui plaisait pas ! Au moment où Kim s'apprêtait à disparaître à son tour dans le palmier, son corps élégant se détendit, et elle bondit dans les bras de la jeune fille.

– Tu ne peux pas m'accompagner, Kija ! Tu dois retourner auprès d'Hatshepsout, ta maîtresse ! Qui prendra soin d'elle si tu n'es plus là ? cria Kim, désespérée.

Kija l'enveloppa d'un regard chargé d'amour et cligna les yeux. À cet instant, Kim comprit ce qu'elle devait faire. Elle maintint la chatte tout contre elle, compta lentement jusqu'à trois et courut vers l'arbre. Un tourbillon noir les aspira, et, aussitôt, elles se retrouvèrent à l'intérieur de Tempus, la chambre du temps.

## 16. Le retour

Les trois amis se tenaient au beau milieu de Tempus, assaillis par un déferlement de bruits furieux. Le sol vibrait violemment, les murs oscillaient, et les portes cognaient. La pièce baignait dans une lumière diffuse, tamisée par un brouillard bleuté. Soudain, le panneau marqué du chiffre 1478 se referma avec fracas.

– Il faut qu'on parte d'ici ! hurla Léo pour couvrir le vacarme.

– Super idée, cria Kim. Saurais-tu, par hasard, où se trouve la sortie ?

Il secoua la tête. À cet instant, il aperçut la chatte et jeta à Kim un regard interrogateur.

– Elle a absolument voulu venir..., lâcha la jeune fille.

– J'ai l'impression qu'elle a une idée, lança Julien au même instant. Regardez !

Kija s'était mise à avancer. Ses poils dressés trahissaient une tension extrême, voire même la peur. Le trio la suivit. Elle filait résolument sur le plancher agité de spasmes. Tout à coup, une porte apparut, différente des autres : elle n'était pas numérotée. L'encadrement était orné de nombreux symboles : le soleil, des croissants de lune, des visages grimaçants et des têtes de mort.

Julien la reconnut tout de suite :

– C'est par là qu'on est entrés !

Il saisit la poignée et l'actionna. Le lourd panneau s'écarta lentement, comme à regret. Les enfants et la chatte se précipitèrent à l'extérieur, retrouvant la vieille bibliothèque, paisible et silencieuse.

– Tout le monde va bien ? demanda Julien.

Il avait peine à croire qu'ils étaient enfin de retour.

– Oui, répondirent en chœur Léo et Kim.

Curieusement, leurs voix semblaient enrouées.

– Et Kija ? Est-elle…

Julien s'interrompit au beau milieu de sa phrase. Il se pencha vers la chatte et se plongea dans son mystérieux regard vert. Kija miaula.

– C'est bien elle, reconnut-il, époustouflé, c'est notre Kija ! La voilà maintenant âgée de trois mille cinq cents ans !

– Après ce qu'on a vécu, plus rien ne m'étonne, souffla Kim.

Elle sourit :

– Je suis si contente de voir qu'elle est en pleine forme !

Curieuse et téméraire, la chatte avait déjà commencé l'inspection de la pièce.

Léo baissa les yeux :

– Regardez, nous avons retrouvé nos vêtements ! J'ai aussi ma montre au poignet… Notre voyage en Égypte n'a même pas duré une minute !

Julien hocha la tête :

– Ainsi, grand-père Reginald ne racontait pas d'histoires… Tempus fonctionne ! C'est vraiment trop ! Trop génial et trop passionnant ! s'exclama-t-il avec enthousiasme.

– Mais, pour préserver ce trésor, il faut qu'on en dissimule l'accès. Allez, les garçons, venez m'aider ! ordonna Kim.

Ensemble, ils poussèrent l'étagère devant l'entrée de la chambre du temps.

– Voilà, c'est parfait ! On ne voit plus rien du tout, constata Julien. Que diriez-vous d'en profiter pour rédiger notre exposé sur Hatshepsout ?

– Bonne idée, répondirent ses amis. Maintenant on a assez de documentation sur le sujet !

Trois jours plus tard, les enfants avaient retrouvé leur traintrain quotidien. Enfin presque… Il y avait chez Kim un changement notable : Kija y avait élu domicile ! Comme, chez Julien, on refusait par principe d'adopter un animal familier, et que le père de Léo souffrait d'une allergie au poil de chat, le trio avait décidé que Kim l'hébergerait. Après avoir un peu hésité, ses parents avaient donné leur accord.

Dans sa chambre il y avait maintenant un arbre à chat, bricolé par Léo, sur lequel Kija pouvait se faire les griffes. Un petit panier avait été installé près du lit ; toutefois la chatte ne s'en servait pas. Elle avait pour habitude de grimper sur la couette et de dormir, roulée en boule, aux pieds de Kim, qui, par ailleurs, n'avait plus besoin d'utiliser son réveil. Dès le lever du jour, Kija se chargeait de tirer la jeune fille du sommeil : elle remontait lentement jusqu'à l'oreiller et frottait sa tête contre la joue de sa maîtresse en poussant de petits miaulements.

Ce matin-là, elle avait une fois de plus impeccablement accompli sa mission. À présent, Kim, Julien et Léo se tenaient en face de leurs camarades, présentant leur exposé sur « Hatshepsout, la première femme importante de l'histoire ». Ils lisaient leur texte à tour de rôle. Julien avait préparé, en complément, quelques transparents pour le rétroprojecteur, et les élèves pouvaient voir apparaître sur le mur des cartes, des croquis et des termes techniques importants, accompagnés de leurs définitions.

Alors que d'ordinaire les exposés étaient, pour beaucoup, l'occasion rêvée de faire une petite sieste, il en allait autrement cette fois-ci.

Toute la classe était parfaitement éveillée et écoutait le trio avec une attention soutenue. Tous burent les paroles de Julien au moment où il évoqua les complots et les projets de meurtre à l'encontre de la belle pharaonne. Les explications de Léo concernant l'aspect intérieur d'une tombe passionnèrent aussi les élèves. Kim allégea l'atmosphère en parlant de la mode égyptienne de jadis, des astuces de maquillage des femmes, et des cônes de parfum dont les convives des soirées de l'Égypte ancienne paraient leur perruque.

M. Tebelmann, leur professeur, les regardait, médusé ; très impressionné, il n'en finissait pas de nettoyer ses lunettes d'un geste machinal.

– Absolument remarquable ! les félicita-t-il, quand Julien, Kim et Léo eurent terminé leur exposé sous les applaudissements de leurs camarades. C'était vraiment très vivant. On pourrait presque penser que vous êtes allés dans l'Égypte ancienne !

Les trois amis échangèrent un regard et ne purent se retenir d'éclater de rire.

# Qui était Hatshepsout ?

Aujourd'hui encore, nous ne connaissons pas précisément la période durant laquelle vécut Hatshepsout, née probablement entre 1500 et 1495 avant Jésus Christ. De nombreux égyptologues de renom ont avancé des dates divergentes. L'auteur se fonde sur le fruit des recherches de l'historien Manfred Clauss, publié dans son livre *Das alte Ägypten*, éditions Alexander Fest Verlag.

De 1482 à 1479, Hatshepsout régna, avec le simple titre de régente, aux côtés de Thoutmôsis II, à la fois son demi-frère et son mari, qui portait le titre de pharaon. Il mourut au printemps 1479. Un an plus tard, Hatshepsout se fit proclamer reine. À la cour, elle dut s'appuyer sur un parti puissant, car la manière dont elle s'était emparée du pouvoir avait été ressentie par beaucoup comme un coup d'État. Pour la première fois dans l'histoire de l'Égypte, une femme venait de s'approprier une fonction que la tradition avait jusqu'ici réservée aux hommes : celle de pharaon.

Hatshepsout tenta d'apaiser les critiques en élevant au rang de corégent Thoutmôsis III, l'un des fils de Thoutmôsis II et de l'une de ses concubines, qui n'était qu'un enfant lors du couronnement de la pharaonne. Mais, lorsque Thoutmôsis III eut grandi, Hatshepsout ne lui abandonna pas le pouvoir. Elle régna jusqu'à sa mort, en l'an 1457 avant Jésus Christ.

D'après Manfred Clauss, elle s'est surtout illustrée par les relations paisibles qu'elle avait établies avec les États voisins, par les expéditions téméraires que néanmoins elle avait lancées, comme celle de Punt – nom donné par les anciens Égyptiens à la côte somalienne – en 1472, mais aussi par son intense activité de bâtisseuse. D'autres sources mentionnent qu'Hatshepsout n'hésitait pas à se jeter dans la bataille à la tête de ses troupes.

Le temple funéraire de Deir el-Bahari, qu'Hatshepsout fit élever à Thèbes, allait devenir l'un des monuments symboliques de son règne. Ce temple est l'un des édifices les plus raffinés qui aient été construits sur le sol égyptien. On ignore si Hatshepsout est décédée de mort naturelle ou si elle fut assassinée. Seule certitude acquise, Thoutmôsis III, tenu à l'écart du trône par Hatshepsout pendant de nombreuses années, en conçut une grande amertume : il se vengea en faisant détruire de nombreuses statues de la souveraine, marteler au burin ses effigies sur les bas-reliefs, et effacer son nom de la quasi-totalité des monuments. Malgré tous ses efforts, il fut incapable de faire disparaître définitivement cette femme hors du commun, décrite par de nombreux historiens comme la première personnalité féminine importante de l'histoire. Son nom, Hatshepsout, signifiait « déesse parfaite ».

# GLOSSAIRE

**Amon** : le plus grand dieu du royaume. On le représentait assis, tenant un sceptre, ou debout, coiffé d'une haute couronne et de deux plumes verticales.

**Ankh** : croix en forme de poignée qui symbolisait la vie éternelle.

**Anubis** : dieu à tête de chien noir. Il présidait au culte des morts et inventa la momification. Pendant l'embaumement, le grand prêtre revêtait le masque d'Anubis.

**Bastet** : déesse chatte.

**Canopes** : vases fermés par un couvercle, dans lesquels étaient conservés les organes des corps momifiés. Il y avait quatre canopes par momie. Ils accueillaient respectivement le foie, les poumons, l'estomac et l'intestin du défunt.

**Chadouf** : système grâce auquel on pouvait puiser de l'eau dans le fleuve. Le chadouf consistait en une longue poutre, fixée sur un axe vertical, dont une extrémité était munie d'un seau et l'autre d'un contrepoids en pierre. Le chadouf pouvait pivoter dans un sens comme dans l'autre.

**Diadème** : couronne incomplète portée sur le devant de la tête et sertie de pierres précieuses.

**Fête d'Opet** : fête au cours de laquelle les dieux Amon, Mout et Montou, ainsi que le pharaon (ou la pharaonne), étaient portés par les prêtres hors de leurs temples pour être présentés au peuple.

**Hathor** : déesse des cieux, souvent représentée par une vache.

**Henket** : bière.

**Horus** : dieu à tête de faucon ; les pharaons et les pharaonnes étaient considérés comme des incarnations du dieu Horus.

**Ipet-Sout** : nom utilisé dans l'ancienne Égypte pour désigner Karnak. Signifie « la ville choisie entre toutes les villes ».

**Irep** : vin.

**Irtet** : lait.

**Karnak** : site religieux proche de Thèbes, où se trouve le temple du dieu Amon.

**Khonsu** : dieu de la lune. Il avait l'aspect d'un enfant.

**Lapis-lazuli** : pierre d'un bleu profond, constituée principalement de lazurite.

**Latos** : principal poisson du Nil, proche de l'espèce des perches, mais plus gros.

**Maât** : déesse de la vérité, de la justice et de l'ordre du monde.

**Medjai** : troupes auxiliaires de la police.

**Momification** : rituel funéraire en plusieurs étapes, ayant pour but la conservation des corps.

**Montou** : dieu de la guerre, représenté d'abord avec une face de faucon, plus tard avec une tête de taureau.

**Mout** : déesse à tête de vautour, femme d'Amon et mère de Khonsu.

**Naos** : désigne, à la fois, la loge abritant la statue du dieu et la pièce du temple où elle était conservée.

**Nécropole** : la ville des morts ; cimetière.

**Obélisque** : longue colonne composée de blocs de pierre. Elle repose sur un socle quadrangulaire, s'affine au fur et à mesure qu'elle s'élève et se termine par une pointe. Son nom est dérivé du mot grec *obeliskos* (broche).

**Osiris** : dieu des morts, du monde souterrain et de la réincarnation. On le reconnaît à sa tête d'oiseau.

**Papyrus** : plante qui servait principalement à la production de feuilles sur lesquelles on écrivait, mais que les Égyptiens utilisaient aussi pour fabriquer les cordages, les nattes, les paniers, les voiles, les tabliers, les sandales et les embarcations légères.

**Pa-Sekhemty** : nom égyptien de la double couronne, que l'on pourrait traduire par « les deux puissances ». La double couronne fut portée par les pharaons après la réunion de la haute et de la basse Égypte.

**Pylône** : construction monumentale, formée de deux tours à base rectangulaire et d'un linteau, qui servait de porte d'entrée aux temples et aux palais.

**Rê** : dieu du Soleil à tête de faucon.

**Scarabée sacré** : coléoptère à quatre ailes, dont le nom scientifique est *scarabaeus sacer*, qui figure sur de nombreuses amulettes, censées protéger le souffle de la vie. Les anciens Égyptiens associaient le scarabée sacré au concept d'immortalité.

**Sekhmet** : déesse de la guerre à tête de lion. Les Égyptiens pensaient que son haleine de feu était la source des vents du désert.

**Serpent Uraeus** : cobra symbolisant la puissance et la protection du pharaon.

**Sistre** : instrument à cordes pincées qui ressemble à une guitare.

**Sobek** : dieu crocodile. On le représentait avec une tête de crocodile.

**Sphinx** : statue de lion couché avec une tête d'homme ou d'animal. Les sphinx étaient les gardiens des temples et des autres lieux de culte.

**Thôt** : dieu de la lune, mais aussi de l'écriture, du savoir et du calcul. Il pouvait prendre la forme d'un ibis ou d'un babouin.

**Vizir** : chef de l'administration égyptienne.